인생 별거 없어, 힐링하며 사는 거야!

산티아고 순례길과 나만의 힐링

인생 별거 없어, 힐링하며 사는 거야!

초판 1쇄 발행 2025년 5월 15일

지은이 이제학
발행인 박주필

기획 조광현
디자인 화성그룹 김수연

펴낸곳 호두나무
출판등록 제313-2009-147호
주소 서울시 영등포구 국회대로 70길 18 한양빌딩 1103호
대표 전화 02-761-0823
팩스 02-761-0824
이메일 marsco@daum.net

값 22,000원

ISBN 978-89-93999-02-0

*잘못된 책은 바꾸어 드립니다.

인생 별거 없어, 힐링하며 사는 거야!

산티아고 순례길과 나만의 힐링

이제학 지음

호두나무

<프롤로그>

"한 달 후 산티아고 순례길을 걸을 건데 당신도 갈 건가?"
아내의 전화를 받고 망설임 없이 yes를 외쳤다.
그리고 한 달 후 아내의 인생버킷리스트를 따라 스페인 산티아
고 순례길로 훌쩍 떠나왔다.

돌이켜보면 내 인생이 참으로 파란만장했다. 롤러코스터를 심하
게 탔다. 꼭대기로 올랐다 싶으면 여지없이 나락으로 떨어졌다. 어
느 것이 나의 몫이고 나의 삶의 무게인지 가늠하기조차 힘들 정도
였다. 꼭대기와 나락의 그 한 끗 차이, 그 속에서 간사하게 흔들리
는 마음! 그 흔들리는 마음의 중심을 잘 잡는 것, 마음의 이중성을
잘 다스리고 친해지는 것. 그것이 나의 운명과 미래를 결정하는데,
그 무엇보다 중요하다는 것을 절감하고 크게 체험했다.
"진리를 말할 수 있는데도 말하지 않는다면 하느님께서 노하실
것이다." 28세의 젊은 나이로 순교한 성 유스토 신부의 말이다. 사
는 동안 인간이 완수해야 할 큰 사명중의 하나는 자신이 깨달은

진리를 모두 전하여 다른 사람의 길을 비추어야 한다는 것이다. 배움을 통해 얻은 지식이든, 개인적 경험에서 얻은 지혜든 모두 전해야 한다는 것이다.

스페인 산티아고 순례길은 세계 3대 성지순례길 중의 하나다. 한국 사람들을 포함하여 많은 사람들이 평생 한 번은 꼭 가봐야 할 버킷리스트로 올려놓고 이곳을 찾는다. 사람들은 순례자로 옷을 갈아입고 끝도 없이 걷는다. 두발로 땅을 밟으면서 각자의 인생에서 가장 힘들었던 순간을 내면 깊숙이 성찰한다. 근본을 들여다보고 자신을 찾는 기회를 얻는다. 버티기 힘든 일상이 지속될 때 사람들은 산티아고 순례길을 갈망한다. 따라서 수십일 동안 매일매일 한계상황을 넘나드는 그 힘든 순례길 여정을 여러 번씩 반복하는 사람들도 있다.

사람들은 저마다의 삶의 무게를 지고 살아간다. 오르막이 있으면 반드시 내리막이 있듯이 인생을 깊이 들여다보면 평탄한 삶이 별로 없다. 롤러코스터를 타는 인생의 꼭대기에 있을 때도 맘이 편하지 않으면 지옥이다. 반면 나락으로 떨어졌을 때도 맘이 편하면 천국이다. 결국 내 마음 상태가 어떠냐. 마음먹기에 달려있고 마음과 친해지고 마음이 상하지 않도록 잘 관리하고 다스리는 것 그것이 바로 행복의 관건이다.

이 책은 지난 5년간 이루 말할 수 없는 고통의 연속에서 마음과 행복에 대한 진지하고 치열한 성찰 속에 우러나온 결과물이다. 각자 처한 조건에서 사람들이 어떻게 해야 행복한 삶을 살 수 있을지에 초점을 맞추었다.

결론은 세상의 중심은 바로 나라는 것이다. 내가 없으면 세상 우주만물도 없다. 내 마음이 멈추면 세상도 멈춘다. 오만가지 생각이 스치고 지나가는데 그 생각을 잘 다스려야 한다. 그 생각은 하루에 만리장성을 쌓고도 남는다. 어떻게 하면 자신의 처지와 조건에서 평안한 마음을 유지하며 행복하게 살 수 있을까?

1부. 산티아고 순례길 편이다. 아내의 인생 버킷리스트를 따라 함께 했지만 커다란 마음의 힐링을 체험했다. 35일간 800km를 걸으면서 1주일에 한 번 정도 일기를 썼다. 한계상황을 넘나드는 순례길 그 과정에서, 최근 5년간 숨도 쉬기 힘든 마음속 원수와의 끝도 없는 전쟁을 어떻게 승화 발전시켰는지 살짝 엿볼 수 있는 기회가 될 것이다.

2부. 나만의 힐링편에서는 자신만의 힐링법을 갖는 것이 중요하다는 점을 강조했다. '101가지 힐링'이라고 다종다양한 힐링법을 소개하고 있다. 내가 좋아하는 것, 그걸 하면 행복한 것이 무엇인지 찾아서 자신만의 힐링법을 습관화하고 생활화해야 한다.

3부. 사람과의 힐링편은 결국 사람이 천사일 수도 있고 악마일 수도 있다. 어떤 사람과 어떻게 소통하며 행복한 삶을 살 수 있을까에 역점을 두었다. 주변 사람이 절망의 나락으로 밀어뜨리기도 하고 희망의 행복한 미소를 짓게도 한다. 사람 잘 만나고 잘 소통하는 것이 행복한 삶의 지름길이다.

4부. 마음과 영혼의 힐링편은 마음의 중요성과 맑은 영혼을 갖기 위해서는 어떻게 해야 하는가에 방점을 찍었다. 마음과 영혼의 근본을 파고들고자 했다. 마음의 중심을 잘 잡고 깨끗한 영혼을 간직하는 것이 하루를 살더라도 행복한 삶의 근본이다.

5부. 힐링이 밥 먹여 주냐. 여기서는 밥 먹여 주는 k-힐링과 힐링산업 그리고 힐링이란 무엇이고 사람들은 왜 힐링을 원하는지, 그 근본적인 이유를 찾아보고자 했다. 모든 문제는 나와 나를 둘러싸고 있는 환경의 문제다. 사회구조적인 문제의 해결과 더불어 그 속에 처한 나의 현실, 아울러 이를 직시하고 힐링하며 살아가야 한다. 아무래도 근본적인 이유를 알면 치유가 좀 더 빠를 수 있다.

우리는 왜 사는지, 어떻게 살아가야 하는지, 끊임없이 치열하게 질문을 던지면서 살아간다. 태어난 김에 맘 편히 행복하게 살고 자신의 행복을 주변 사람들과 함께 나누면 좋지 않을까? 모쪼록 지친 삶속에서 찌든 심신을 잘 치유하며 행복한 삶을 사는데 조금이나마 도움이 되기를 바라는 마음이다.

스페인 산티아고 순례길에서

산티아고 순례길과 나만의 힐링

인생 별거 없어, 힐링하며 사는 거야!

CONTENS

03. 사람과 힐링

04. 마음과 영적 힐링

05. 힐링이 밥 먹여 주냐?

01

스페인 산티아고 순례길

1.

> ## 스페인 산티아고 순례길이란?

아내의 전화를 받고 바로 yes를 외쳤던 것은 버티기 힘든 심적 고통을 털어버릴 비상구가 필요했다. 숨을 쉬기 힘들 정도로 명치 밑이 묵직하게 응어리져 울화통이 올라와 견기기 힘들었다. 땅을 딛고 가는 발걸음이 허망하게 주저앉을 것만 같았다. 그래 뭐 인생 별거 있어? 힐링하며 사는 거지. 이런 생각이 들자 망설임 없이 즉각 결정했다.

어디다 하소연도 못하고 끙끙 하루하루를 지켜내는 것이 너무나도 힘겨웠다. 당장 정신병원에 가서 진단 받고 약을 처방 받아야 하나 괴로웠다. 그래 비상 탈출을 시도하자. 그래서 탈출 한 곳이 산티아고 순례길이다. 그곳에서 울화병을 내리고 그래도 안 되면 정신병원을 가리라 마음먹고 탈출을 시도했다.

아내와 함께 산티아고 순례길을 걷기로 결정하고 비행기 티켓을 끊자 바로 서치에 들어갔다. 다행히 주변에 5년 동안 산티아고 순례길을 가기 위해 준비한 팀이 있어서 그분들의 도움을 받아 빠르고 일목요연하게 준비할 수 있었다. 그분들은 우리보다 15일 먼저 출발해, 앞장서가면서 우리에게 여러 가지 도움을 주었다. 선발대 역할을 톡톡히 해준 것이다. 이 글을 통해 그분들에게 감사의 말씀을 전한다.

먼저 인터넷 포털사이트로 검색을 했다. 아울러 꼰대 소리 들을까 봐 유튜브로도 검색을 하고 많은 저작물을 시청해보았다. 아는 만큼 보인다고 책도 세권을 구해서 살펴보았다. 먼저 산티아고 순례길이란 무엇인지부터 꼼꼼하게 살펴봤다.

산티아고 순례길, '성 야고보의 길(el camino de Sant Iago)'은 생장 피드포트에서 시작해 피레네산맥을 넘어 성 야고보의 무덤이 있는 산티아고 데 콤포스텔라로 이어지는 약 800km에 달하는 거리를 33일간 두발로 걸어서 가는 순례길을 말한다.

산티아고 순례길은 현재 다양한 길이 있다. 그중 프랑스 남부에서 시작해 피레네 산맥을 통해 스페인 국경을 넘는 '까미노 프란세스(Camino Frances)'라고 부르는 프랑스 길이 가장 대표적이다. 위에서 언급한 길이고 나 또한 이 길을 걸었다.

2000년 전 예수의 열두제자 중 한 사람인 야고보(예수님의 친형제 야고보가 아니라, 성경 속 제배대의 아들 사도 요한의 형이자

12제자 중 한 사람)가 예수 사후에 "땅 끝까지 복음을 전하라"는 사명을 받아 전도여행을 떠났다.

야고보는 전도 여행 후 예루살렘으로 돌아왔지만 헤롯왕에게 붙잡혀 순교했다. 그 유해가 다시 간 길이 산티아고 순례길이다. 그가 묻힌 곳을 향해 1000년이 넘도록 숱한 사람들이 한 발 한 발 걸어서 동참하고 있는 길이다.

산티아고 순례길이 다시 유명세를 타기 시작하는 계기가 생겼다. 그것은 1990년대에 파울로 코엘료의 소설 '연금술사'가 인기를 끌었고, 산티아고 순례길이 연금술사의 배경으로 등장했기 때문이다.

이어 이 길이 1993년 유네스코 지정 세계문화유산에 등재되면서 더욱 활기를 띠기 시작했다. 이후 순례객들의 꾸준한 사랑을 받게 되고 결국 산티아고 순례길은 현재 명실상부하게 세계 최고(最古)의 순례길로 각광 받고 있다.

우리가 발을 딛고 걸을 수 있는 장거리 보행로는 셀 수 없이 많다. 하지만 진정으로 역사적, 영적 중요성을 통해 세계인의 인정을 받은 것은 오직 까미노뿐이다. 까미노는 명상을 위한 시간이지, 결코 단순히 관광을 위한 길은 아니다.

남들이 숱하게 지났던 길일지라도 내가 걷는 순간 그 길은 내 길이 되고 새 길이 된다. 그곳에 함께 했을 때, 우리는 익숙하고 안전한 것들과 결별하고 미지의 세계와 조우하게 된다. 무엇보다 자기 자신과 만나게 되고 결코 혼자가 아님을 깨닫게 된다. 이것이 바로 순례의 주된 목적, 어쩌면 인생의 목적이 아닐까?

　아울러 산티아고 순례길을 다녀왔다고 하면 칠레의 산티아고 순례길을 다녀온 걸로 아는 사람들이 있다. 스페인의 산티아고 순례길을 다녀왔는데 남미는 어떻더냐고 해서 아연실색했던 기억이 선명하다. 따라서 꼭 스페인의 산티아고 순례길이라고 해야 한다. 이제 출발해보자!
　BUEN CAMINO~!!

Camino de Santiago

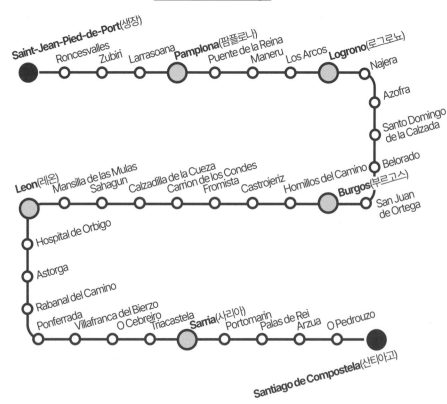

　인생 별거 없어, 힐링하며 사는 거야!

2.

산티아고 순례길에서 사람들은
무엇을 얻고자 하는가?

대망의 순례길 첫날이 밝았다. 생장의 알베르게(순례자를 위한 숙소, 값이 저렴하고 시설이 좋다)에서 일어나 새벽 먼동이 트기 전 서둘러 출발했다.

피레네 산맥을 넘는 코스다. 가장 어렵고 힘든 길이다. 이 산맥을 넘으면서 사람들은 새삼 왜 이 길을 걷고 있는지 많은 생각을 하게 된다. 아울러 무엇을 버리고 남겨야 할지 심각하게 고민을 하게 된다.

피레네 산맥을 넘는데 새들의 노랫소리가 요란하다. 저 녀석들도 조물주에 의해 만들어져 생을 다할 때까지 최선을 다해 살다 갈 것이다. 이 산맥을 넘던 개선장군 나폴레옹도 파란만장한 삶을 살다 갔다. 태어난 것 어떻게 살다 갈 것인가? 생각이 많아진다.

순례길에서 가지고 있는 짐의 무게는 욕심의 무게라고 한다. 대부분 처음에 짐을 잔뜩 지고 출발한다. 이내 어느 정도 지나면 깨닫게 된다. 짐이 너무 무거워서 줄여야 한다는 걸, 그러고 나서 줄이면 좀 줄어들고, 2~3번 정도 줄이면 현명한 짐이 나타난다.

피레네산맥으로 오르는 길의 풍광은 장쾌하고 아름답다. 하지만 그 장쾌함을 느끼는 것도 잠시다. 순례자들은 초장부터 매우 지치게 된다. 우리나라의 산이 초반에 가파르게 치고 올라선 후에는 주로 평탄한 능선 종주를 하는 경우가 많다.

그런데 이곳 피레네산맥을 오르는 길은 이와는 사뭇 다르다. 길게 늘어선 뱀 꼬리 같은 길을 내리막 없이 계속 똬리를 틀듯이 오르도록 되어 있다. 이제나 저제나 똬리가 끝나나 싶으면 또 다른 똬리가 나온다. 그래서 이곳은 우리의 지리산처럼 지루하게 사람의 진을 온통 다 뺀다.

옛말에 '먼 길 갈 때는 눈썹도 떼어놓고 간다.'는 말이 있다. 그만큼 한계상황에 다다르면 눈썹의 무게마저 크게 느껴진다는 얘기다. 전에 지리산 천왕봉을 오를 때의 이야기가 생각난다. 천왕봉을 오르는 길 또한 정말 사람을 녹초가 되도록 지치게 만든다.

헉헉 숨도 못 쉬게 힘들어 하는데 일행 중 한분이 잠시 숨 좀 돌리고 가자면서 얘기한다. "옛날에 어느 짐꾼이 짐을 한가득 지고 힘겹게 가는데 너무 한계상황에 이르렀다. 한 발짝도 더 내딛기 힘들었을 때 나뭇잎이 살랑살랑 그 짐에 떨어지자 그만 그 짐꾼은 털썩 주저앉고 말았다."면서 웃는다.

그처럼 사람이 한계상황에 다다르면 한 발 한 발 앞으로 내딛는 발걸음이 천근만근 무겁다. 등에 매고 있는 배낭의 무게가 양 어깨를 사정없이 짓누른다. 어깨가 무너져 내리는 느낌이다. 등에 지고 있는 짐이 저주스럽다. 당장 불필요한 것들 다 빼버려야겠다고 다짐한다.

새벽에 일어나 출발해 이제나 저제나 언제 다음 숙소가 나오나 했는데 오후 4시가 넘어서 드디어 목적지가 보인다. 론세스바예스의 수도원이 운영하는 알베르게다. 아이구야 이제야 살았구나 거친 숨을 내려놓는다.

산티아고 순례길은 스페인 북부 17개의 자치구 중에서 4개의 자치주인 나바라, 라 리오하, 카스디아 이 레온, 갈리시아를 걸어간다. 순례길 첫날 시작하여 걸어온 이 길은 생장에서 피레네 산맥을 넘어 론세스바예스(Roncesvalles)까지 가는 길이다.

론세스바예스는 나바르 주에 속해 있다. 나바르 주는 매우 고립된 지역이다. 이 지역은 특히 프랑스인들 때문에 파란만장한 역사를 지니고 있다. 나바르가 아무런 해를 끼치지 않겠다는 약속을 했음에도 샤를마뉴의 프랑스 군대는 팜플로나의 성벽을 부수었다. 이에 대한 복수로 바스크인들은 론세스바예스에서 샤를마뉴 군의 후위를 학살했다. 이러한 역사적 맥락이 아직도 곳곳에 흔적을 남기고 있다.

나바라 왕국의 수도로 번성했던 도시가 팜플로나(Pamplona)이다. 이곳의 풍경은 외국 작가들의 글에도 생생하게 묘사되어 있다. 대표적인 작가가 우리가 잘 아는 어네스트 헤밍웨이(Ernest Heminguay)다.

그는 팜플로나에 오랫동안 머물면서 글을 쓰고 저서를 남기기도 했다. 아울러 팜플로나는 매년 많은 사람들이 다치고 심지어 죽기까지 하는 소몰이 축제로 유명한 도시다. 헤밍웨이의 소설, "해는 또다시 떠오른다."에도 나와 세계적으로 많이 알려진 축제다.

순례길에서 가장 큰 행복은 하루의 걷기가 끝났을 때, 전날보다 가벼워진 자신을 느낄 때다. 도쿠가와 이에야스는 "인생은 무거운 짐을 지고 먼 길을 떠나는 것과 같다."고 했다. 인생 레이스 또한 속도 경쟁이 아니다. 그런 점에서 산티아고 순례길은 인생 레이스와 많이 닮아 있다.

촌음을 아끼되 서두르지 말아야 한다. 자기만의 속도, 자기만의 페이스를 유지해야 한다. 그리고 가끔씩 멈출지언정 결코 포기하지 않으면 된다. 자기 걸음으로 꾸준하게 가는 거다. 천천히 걸어도 황소걸음처럼. 순례의 목적은 자신과의 끊임없는 대화를 하면서 자신을 찾아가는 것이다.

산티아고 데 콤포스텔라에 도착하면 순례자 사무소에서 순례증서를 내어 준다. 그 때 오스피탈레로(순례자를 돕는 자원봉사자)가 묻는다. "순례길 중 어느 구간이 가장 힘들었나요?" 바로 대답했다.

"첫날 피레네산맥을 넘을 때."

3.

산티아고 순례길에
왜 이렇게 한국 사람들이 많은가?

오늘은 에스테야에서 로스 아르코스로 가는 순례길 6일째 날이다. 몸의 사지육신이 쑤시지 않은 곳이 없다. 하지만 그래도 순례길에 적응되어지는 느낌이다. 여전히 순례길에는 사람들이 많다. 혼자 묵묵히 걷는 사람, 부부가 손을 꼭 잡고 걷는 사람, 가족들이 서로를 의지하며 걷는 가족 순례자. 다종다양하다. 왁자지껄하면 주로 단체로 온 사람들이다. 한국에서 온 단체 팀도 보인다.

이렇게 다종다양한 사람들이 다종다양한 언어를 쓰면서 걸으니 순례길이 요란하다. 묵언수행을 하는 고요함과는 거리가 멀다. 산티아고 데 콤포스텔라까지 약 800km 순례길의 처음부터 끝까지 사람들이 넘쳐난다고 한다. 왜 사람들은 순례길에 몰리는가? 그 중에서 유독 눈에 띠게 많은 사람들이 한국 사람들이다.

"한국 그 먼 곳에서 왜 이렇게 많은 사람들이 오는지 그 이유를 모르겠다."고 많은 외국 순례자들이 의아해하며 묻는다. 진짜 왜 한국 사람들은 산티아고 순례길에 이렇게 많을까? 그것도 거의 지구 반대편에서 열서너 시간 비행기를 타고 와서 스페인의 산티아고 순례길을 걷고 있는 것일까? 한 때는 전 세계 순례객 중 대한민국 사람들이 3위를 차지했고 지금은 5위란다.

나도 잘 모르겠다고 대답을 하고는 그 이유를 곰곰이 생각해보았다. 도대체 왜 한국 사람들이 이렇게 많이 이 먼데까지 비행기를 타고 와서 순례길을 채우고 있는 것일까? 여러 가지 이유가 생각나지만 크게는 대략 3가지로 정리해보았다.

첫째, 대한민국 국력과 사람들의 경제력이 그만큼 신장되었기 때문이 아닐까 싶다. 많은 사람들은 프랑스 파리를 경유하여 프랑스 남부 생장에서부터 순례길에 오르게 된다. 그런데 첫 번째 관문부터가 웰컴이고 무사통과다.

프랑스 파리의 드골 공항에 내려 대한민국 여권을 내밀면 봉쥬르 하면서 도장 찍어주기 바쁘다. 형식적인 입국심사서 하나 작성하지 않고 그냥 통과된다. 인천공항에 들어올 때나 마찬가지로 긴장의 끈을 놓아도 무방하다. 세계 12대 경제 강국의 위상을 실감하게 되는 대목이다.

아울러 왕복 항공료와 약 35일간의 순례길 여행경비는 사실 만만한 비용이 아니다. 그 비용과 시간을 들여 많은 사람들이 자신을 찾아 나서고 힐링에 투자할 수 있다는 것은 그만큼 대한민국

국민들이 살만해진 것이라 여겨진다.

둘째. 한국인들의 독특한 기질이 아닐까 싶다. 한국인들은 한 번 유행을 타기 시작하면 그걸 안하고는 못 배긴다. 이런 한국 사람들의 도전적이고 진취적인 정신이 그 밑바탕에 깔려있다고 여겨진다. 즉 남들이 하면 반드시 해야만 하는 한국 사람들의 극성(지극 정성)이 만들어 낸 결과가 아닐까 생각해본다.

'백성은 배고픈 것은 참아도 배 아픈 것은 못 참는다.'고 한다. 누가 갔다 왔다고 하면 삽시간에 주변에 퍼지고 많은 사람들이 따라하게 된다. 한 번 유행을 타면 걷잡을 수 없이 진행되는 것이다. 이는 한국인들의 지고는 못사는 특성, 어려운 과정에서도 그것을 극복해내고자 하는 특질이 아닐까 싶다.

셋째. 대한민국이 이처럼 국력이 신장되고 잘 살게 된 것에는 무한 경쟁이 자리 잡고 있다. 어렸을 때부터 빨리 빨리를 입에 달고 타이트하게 무한경쟁에 내몰리고 있다. 이는 꼭대기를 향하여 소용돌이치는 사회구조가 한몫하고 있다. 거기에 부응 못하는 사람은 가차 없이 나락으로 떨어진다. 인정사정이 없다.

그 무한경쟁의 구조 속에서 태반의 한국 사람들은 신음하면서 탈출구를 찾고 있는 것이다. 도대체 마음 붙이고 무슨 맛으로 세상을 살고 싶겠는가. 그 무한경쟁의 소용돌이에서 벗어나 힐링 하고픈 것이다.

그래서 마침내 탈출하는 만만한 비상구가 산이다. 그 대안이 제주 올래길을 중심으로 전국의 둘레길로 이어진다. 나아가 우리나라를 떠나 스페인 산티아고 순례길로 눈을 돌린 결과가 아닌가 싶다. 어쨌든 엄청 많다.

　계산적으로 본다면, 그 먼 데까지 비행기 타고 가서 다시 기차 타고 버스 갈아타며 걷는 것은 사서 고생하는 미친(?)짓이다. 그런데도 돈 써가면서 기를 쓰고 걷는다. 산티아고 순례길은 그저 걷기를 위한 길, 극기 훈련의 길은 아니다. 또한 단지 사람들을 만나기 위한 길도, 좋은 숙소를 찾아다니는 길도 물론 아니다. 그 길은 진정으로 나와 마주하기 위한 길이다.

4.

마을마다 들어선 육중한 성당과 교회의 십자가

집 떠난 지 2주가 지났다. 이제는 짐 싸는 것도 익숙해졌다. 처음에는 약 한 시간씩 걸렸는데 매일매일 짐을 쌌다 풀었다를 반복하니 30분이면 다 싸게 되었다. 반복의 힘이다. 무언가를 반복해서 하다 보면 어느 순간 통달되어 있는 자신을 발견하게 된다. 이처럼 반복은 보이지 않는 큰 힘을 발휘한다.

오늘은 부르고스로 향한다. 이제 계획된 일정 중 2/3가 남았다. 벌써부터 돌아가서 무엇을 어떻게 해야 할지가 걱정이다. 사실 걱정해서 될 일은 별로 없다. 실험을 해본 결과 걱정했던 일이 실제로 일어난 경우는 10%에 불과했다. 또한 그 일어난 일도 대개는 해결 가능한 문제더라는 것이다. 4주 후에 일어날 일 예측대로 되지 않고 가서 대응하면 된다. 미리 걱정해봐야 소용없다.

여전히 순례길에 사람들이 넘쳐난다. 다종다양한 사람들이 와 있다. 부부가 온 경우, 세 가족이 온 경우, 여자 동무끼리 온 경우, 혼자 온 젊은 사람들. 많은 사람들이 이구동성으로 숙소 구하는 데 애를 먹고 있으며, 집 놔두고 돈 들여 무슨 개고생을 하고 있는 지 모르겠다면서 푸념을 늘어놓는다.

정말 왜 왔을까? 질문이 끝도 없이 이어지는데 부르고스가 보이기 시작한다. 멀리 펼쳐지는 부르고스를 바라보며 다시 생각에 젖는다. 부르고스(Burgos)는 스페인의 다른 지역에 비해 부유하다. 현재 유네스코 세계문화유산으로 지정된 부르고스 고딕 대성당은 1221년 건축이 시작되어 13, 15세기에 확장공사를 하여 지금에 이르렀다. 앞면의 성당 모습은 프랑스 파리의 노트르담 성당과 비슷하다.

순례길에 들어선지 2주일이 지났으니 최소 14개 도시 및 마을을 지나쳐온 셈이다. 부르고스를 포함하여 지금까지 지나온 중간 중간 작은 마을 마을에도 빠짐없이 중심부에 커다란 성당이 자리를 잡고 있다. 지금도 시간마다 종을 친다. 저 육중하고 우람한 성당을 짓고 관리하느라 많은 백성들의 고혈과 노고가 있었으리라. 그 권위를 세워놔야 세금이 걷히고 질서가 유지되었을 것이다.

스페인은 유럽에서 3번째로 땅덩이가 큰 나라로 한국영토의 5 배에 달한다. 하지만 인구는 4,800만 명으로 우리보다 약 300여 만 명 더 적다. 소득수준은 3만여 달러로 우리와 비슷한데, 한 때

전 세계를 호령했던 가톨릭 국가다.

그런데 설문에 의하면 현재 스페인의 가톨릭 신자가 20%에도 못 미친다고 한다. 그만큼 성당을 찾는 스페인 사람들이 많지 않다. 그런데 산티아고 순례길을 찾는 순례자들의 숫자는 기하급수적으로 늘었다.

매해 거의 50만 명 정도의 전 세계인들이 순례길을 걷기 위해 찾고 있다. 스페인 국민들이 성당을 찾지 않자 그 자리를 전 세계의 순례객들이 찾아 메꾸고 있는 것이다. 보기 힘든 아이러니가 아닐 수 없다. 이 또한 신의 공의로우신 섭리일까? 해석은 얼마든지 가능하다.

아울러 마을마다 있는 성당과 교회를 비롯하여 사방에 십자가가 지키고 있다. 십자가는 들판에도 있고 밭 한가운데도 있다. 십자가 모양도 다종다양하다. 정말 많은 크기와 종류의 십자가를 마주하게 된다.

이곳 사람들에게 십자가는 어떤 의미일까? 그리고 전 세계에서 몰려온 순례자들에게 십자가는 어떤 의미로 다가오는 것일까? 상징인가 우상인가? 우상을 숭배하지 말고 형상을 만들어 거기에 절하지 말라고 십계명에 경고하고 있는데 십자가는 거기에서 예외인가? 재미있는 것은 군데군데 십자가 옆에 이슬람문양과 불교를 상징하는 문양을 그리고는 둘은 같다고 = 을 표시해놓고 있다.

그동안 인류는 신의 이름으로 마녀사냥을 하고 전쟁을 일으키고 무자비하게 살육을 저질렀다. 거기에는 사람이 기본적으로 가지고 있는 양심의 가책도 없다. 그래서 비인간적으로 도륙전쟁을 벌였던 것이다. 인간이 인간을 죽일 수 없어 신의 이름으로 처단했던 것이다.

그 상징을 이제는 받아들이지 않는다. 이제 십자가는 사랑과 자비, 그리고 희생을 상징하는 것으로 자리매김 되고 있다. 그것이 지구촌시대에 인류 공동의 선이자 사회를 통합해나가는 종교의 역할일 것이다. 그리고 나아가 진리를 향한 인류의 공통과제가 아닐까?

5.

사람들은 저마다
큰 깨달음을 원한다

순례길에 들어선지 4주차에 접어들었다. 이제 걷는 것이 일상이 되었다. '오늘은 또 어떤 새로운 마을에 도달하여 새로운 경험을 하게 될 것인가' 하는 설렘도 별로 없다. 사람이 설렘이 없으면 사는 것이나 죽는 것이나 마찬가지다. 어쩌면 사람은 나이 들어서 죽는 것이 아니라 설렘이 없이 점점 편하게 주저앉으면서 조금씩 사그라져가는 게 아닌가 싶다.

오늘은 레온으로 가는 여정길이다. 찻길 옆 '센다'를 따라 걸으며 레온을 향해 가는 길은 지루하고 고단하다. '센다'란 고속도로 옆에 그 길과 나란히 놓인 흙길을 가리킨다. 예전에 레온(Leon)은 로마 군대의 주둔지였고 제7군단의 기지였다. 레온이라는 이름은

군단, 즉 레기온(Legion)에서 나왔다. 그 뒤로는 아스투리아스와 레온의 옛 왕국의 수도가 되었다.

스페인 북부의 대표적 도시인 레온은 레온 왕국의 수도였다. 레온은 산티아고 순례길에서 약 300km지점에 도착했다는 표시를 해주는 도시이기도 하다. 산토 도밍고 광장을 지나 올드타운으로 들어서면 왼쪽에 가우디가 설계한 카사 데 보티네스가 있고 위로 더 걸어가면 레온의 중심인 대성당이 나온다.

시끄러운 찻길 옆을 걷다가 드디어 한가로운 길로 들어서니 여러 가지 생각이 교차한다. 아무래도 지나온 날을 반추하게 된다. 사방팔방이 모두 지평선이다. 가도 가도 끝이 없다. 수백 년 전부터 수백 수천만 명이 이 산티아고 순례길을 다녀갔을 것이다. 진리를 향해 구도자의 길을 간 그 사람들 중 얼마나 많은 사람들이 깨달음을 얻었을까?

800km를 쉼 없이 걷고 막상 콤포스텔라에 도착했을 때 별반 아무런 감흥이 없었다는 사람들이 많았다. "에게, 이게 뭐야?" 하면서 감동이 밀려오지 않은 것에 적잖이 실망들을 했다는 것이다. 실제 그럴 가능성이 많다고 본다. 해탈의 경지, 프뉴마(성령충만), 득도를 경험한다는 것은 쉽지 않은 일일 것이다. 오히려 어려운 고난의 순례길을 포기하지 않고 해냈다는 성취감이 크지 않을까?

진리를 찾는 길은 멀고도 어려운 일이다. 어쩌면 평생을 노력해도 안 되는 일일 수 있다. 이처럼 사방팔방이 지평선으로 둘러싸인 광활한 스페인을 포함하여 온 세계를 품고 있는 지구, 그 지구

를 품고 있는 끝도 없이 펼쳐지는 우주, 코스모스의 질서 있는 운행은 어쩌면 인간으로서는 범접하기 힘든 절대적 진리인 조물주의 공의로운 섭리 아닐까?

생각은 끝도 없이 이어진다. 중년에 접어들어 근15년을 숨 가쁘게 달려오며 많은 상처를 받고 분노하고 저주하며 지내왔다. 여러 사람과의 전쟁과 재판, 그리고 말 못할 시련에 치를 떨어야 했다. 그 사람들 모두 나와 잘 알고 상부상조하는 사이였다. 그러다 틀어져 원수가 되었다. 끝도 없이 분노하고 저주하고 죽어 없어졌으면 하고 바랬다. 그러나 다들 멀쩡하게 살아있다.

내 마음에 큰 상처를 남겼다. 분노하고 저주하고 속으로 욕을 퍼부어보아야 아무런 소용이 없다. 내 마음만 더 다치고 현실은 변하지 않고 그대로다. 이제 마음을 고쳐먹자. 나에게 자격이 있는지 모르겠지만 용서하고 화해하자. 이 또한 다 지나가리라.

뒤돌아보지 말자. 만회하려하지 말자. 과거의 불행을 현재로 끌고 오면, 많은 것이 해결되었음에도 여전히 불행하다. 힘들지 않을 때란 없다. 현재의 어려움을 과거와 섞지 말자. 과거의 연민을 현재로 가져오는 건 여전히 과거 속에 매몰되어 있다는 것이다.

주어진 현실에 천착하여 할 일을 하자. 돈을 보지 말고 일을 보고 가자. 다 잊어버리고 묵묵히 일을 만들어 하자. 노인병의 가장 큰 문제는 무위고로 보인다. 일이 없으면 사람도 만나기 힘들고 벌이도 없으니 사람이 맥을 추지 못할 것이다. 자원봉사라도 만들어서 하자. 그렇게 해야 번민이 생기지 않고 건강한 삶을 유지할 수 있을 것이다.

너무 힘들 때 여기가 바닥인가? 그런 생각이 든다면 아직 바닥
이 아니라고 한다. 진짜 바닥에서는 생각도 몸도 그대로 멈춰버린
다. 한번 내려놓은 몸은 다시 일으키기 쉽지 않다. 따라서 계속 움
직여야 한다. 그것이 인내고 버티는 내공이며 극복할 수 있는 새로
운 힘이다.

생각은 꼬리에 꼬리를 물고 거듭 된다. 잠재워졌다고 여겼던 불
안한 생각이 또 다시 치밀어 올라와 나를 몹시도 괴롭힌다. 마음
이 편치가 않다. 마음은 무엇일까?

마음은 깊은 우물과 같은 것이 아닐까? 고요히 잠잠한 우물에
실낱같은 오만가지 생각들이 스치고 지나간다. 그 생각들을 붙잡
고 늘어지면 어느새 그 실낱같은 실치는 큰 뱀으로 둔갑하고 이무
기가 되어 나를 잡아끌고 들어간다.

온갖 잡념으로 심란할 때는 고요히 내 마음의 우물을 들여다보
고 실낱같은 생각들이 스치고 지나가도록 내버려둬야 한다. 그러
면 그냥 잔물결도 일으키지 않고 스르르 없어진다. 그냥 놀다 가
게 내버려 둬야 한다. 다스리려고도 하지 말고 친해져서 소 닭 보
듯이 그냥 물끄러미 지켜보면 그만이다. 그러면 마음이 고요한 우
물처럼 평안해진다.

눈앞에 펼쳐지는 한 폭의 그림들이 파노라마처럼 지나간다. 하
지만 정신이 피폐되어 있으면 전혀 들어오지 않고 번민과 고뇌로
지옥길을 걷고 있게 된다. 떨쳐버리자. 지금 이 순간 현실에 집중하

자. 인생 별거 없다. 지옥불에 던져져도 내 마음이 평온하면 그곳
이 천국이다.

6.

산티아고 순례길에서
소통의 문제와 에피소드

에페소드 1

순례길 두 번째 날의 일이다. 출발을 위해 가방을 싸는데 카드를 분실했다고 아침부터 난리부르스를 쳤다. 그 카드로 모든 숙소에 예약을 걸어두었는데 큰일이다. 한국에서라면 카드회사에 전화 한 통이면 끝나는데 여기서는 그게 아니다.

핸드폰의 유심을 바꿨으니 본인 증명이 되지 않고 시차가 있어서 전화도 받지 않는다. 알베르게 측에 서투른 영어로 이야기를 하니 언어소통이 잘 안 되고 경찰에 신고하라는 말만 되풀이한다. 환장할 노릇이다. 인터넷으로 여차여차하여 1시간쯤을 헤매고 분실신고는 마쳤다.

알베르게에 함께 묶었던 수백 명의 순례자들은 모두 떠났고 우리만 덩그러니 남았다. 시작한 첫날부터 이런 일을 당하고 나니 정신이 하나도 없다. 마음을 정돈하고 다음 목적지를 향하여 발걸음을 옮겼다. 그런데 그렇게 난리를 쳐도 나오지 않던 카드가 그날 저녁 짐을 싹 다 풀어 놓자 온전히 배낭 밑바닥에 모셔져 있었다.(ㅠㅠ)

에피소드 2

순례길 종반에 이르렀을 때의 일이다. 약 2/3 지점인 카카벨로스 숙소에 도착하여 다음날 보낼 짐을 싸는데 봉투가 묵직하다. 거의 매일 하나의 짐을 부치는데(일명 동키서비스) 백 하나에 6유로(약 9천원)를 봉투에 담아 보내면 다음 숙소에 배달해준다. 그런데 오늘은 봉투가 비어 있지 않고 묵직하다. 봉투를 열어보니 15유로가 들어있다.

이게 뭔 일인가 싶어 동키서비스 업체에 물어보려니 엄두가 나질 않는다. 대부분은 스페인어를 사용하고 조금씩 영어로 소통한다. 그런데 나도 그렇고 저쪽도 거의 영어가 짧으니 겨우 어제 묵은 숙소와 오늘 묵을 숙소를 주어 섬기기 바쁘다. 이 상황에서 돈이 왜 들어있는지 설명하려니 난감하다.

머리를 쥐어짜보니 아마도 내가 어젯밤에 불이 침침한 상황에서 5유로 지폐와 1유로 동전 넣는다는 것을 착각하여 20유로 지폐를 넣었던 것 같다. 실제 20유로 지폐와 5유로 지폐가 비슷하게 생겼다. 생각이 여기에 미치자 여러모로 많은 생각이 든다.

동키서비스로 보내는 가방 하나의 무게는 15kg이내로 정해져

6€ TRANSPORTE
TRANSPORT

HORA DE RECOGIDA / PICK UP TIME
8:00 A.M.

NUNCA CAMINARÉIS SOLOS
YOU NEVER WALK ALONE

+10 AÑOS
EN EL
CAMINO

+10 years
in the Camino

N C S

JUNTOS
PASO A PASO

En colaboración
con la AECC

DESDE PONFERRADA

+34 644 660 654 - LUIS

ncsponfegalicia@gmail.com

SERVICIO PREVIO AVISO
PICK-UP PRIOR NOTICE
AVIS DE RETRAIT

www.ncsequipajes.com

있다. 하루에 거의 25km를 걸어야 하므로 물 한 병만 더 넣어도 짐의 무게가 심하게 느껴진다. 따라서 무거운 짐부터 15kg이 넘기 직전까지 보낼 가방에 집어넣는다.

그런 가방을 동키서비스 업체 직원 한 사람이 낑낑거리며 열 대 개씩을 차로 운반한다. 그렇게 해야 하루 10만 원정도 벌 것 같다. 큰 돈벌이가 아니다. 나 같으면 20유로짜리가 들어있으면 웬 떡이 야 하고 주머니에 넣고 좋아할 법하다. 그런데 그걸 계산하여 나 에게 돌려주는 것을 보고 새삼 감사하고 내가 오히려 부끄러워진 다.

순례길의 스페인 사람들을 보면서 느낀 바가 많다. 선배 순례자 들을 통해 "그동안 많은 사람들을 대하면서 옛날에 비해 때가 많 이 묻었다"는 말을 듣지만 참 이곳 사람들이 친절하고 정직하다. 순박하게 느껴진다. 아등바등 아귀다툼을 하면서 숨 가쁘게 살아 가는 우리들의 삶을 되돌아본다.

그렇게 아등바등하면서 사는 것이 행복할까? 자살률 1위의 오명 은 괜히 생긴 게 아닐 것이다. 무한경쟁과 상대적 박탈감과 상대적 빈곤 때문일 것이다. 풍요속의 빈곤이다. 배고픈 것은 참아도 배 아 픈 것은 참기 힘들다.

순례길 이곳 사람들 뭘 물어보면 가던 길 멈추고 손짓발짓으로 친절하게 답해준다. 그래도 안 되면 가던 길 돌아서 한참을 동행 하여 기꺼이 현장에 데려다주고 자기 갈 길을 간다. 잘 못 들어온 돈 계산하여 돌려주는 이들을 보면서 한 때 세계를 주름잡던 스페인의 저력을 다시 한 번 생각해본다. 낮에 두시가 되면 칼같이 가게 문을 닫고 다섯 시 이후에 문을 여는 이들의 여유 있는 모습, 우리가 배워야 하지 않을까?

에피소드 3

난간 없는 2층 침대, 아마 사리아로 기억된다. 알베르게에 도착해보니 침대가 거의 다 찼고 1, 2층으로 되어 있는 침대가 딱 하나 남았다. 그런데 아뿔싸. 이층침대인데도 추락방지용 난간이 아예 없다. 이걸 가지고 컴플레인을 할 수도 없는 상황이었고 짧은 영어로 기분 나쁘지 않게 건의할 수 있는 상태도 아니었다.

대개는 이층 침대의 양쪽에 추락방지용 손잡이식 난간이 설치되어 있거나, 최소한 한쪽에는 난간이 설치되어 있다. 그런데 그곳에는 아예 하나도 없었다. 나는 잠버릇이 있다. 뒹굴뒹굴하면서 자는 편이라 도저히 자신이 없었다. 이를 눈치 챈 아내가 먼저 자신이 올라가서 자겠노라고 하는데 차마 막지를 못했다.

밤새 위 침대에서 부스럭거리는 소리만 들려도 신경을 곤두세우고 떨어지면 받으려는 자세로 결국 거의 잠을 이룰 수 없었다. 실제로 그런 침대에서 자다가 침낭에 들어가 있는 상태로 밑으로 떨어져 심하게 다친 경우도 있었다고 들었다. 그런데 시정하지 않고 그대로 영업하는 배짱을 나는 이해할 수 없다.

그날 하나 더 나를 잠 못 들게 하는 것이 있었다. 알베르게에서 잠을 자려고 하면 가장 괴로운 것이 방이 떠나갈 듯 골아대는 코고는 소리다. 정말 너무 심해서 귀마개는 필수고 그것을 해도 소용이 없다. 그것도 한 사람이 아니라 몇 사람이 코골이 합창을 하면 그날 잠은 다 자게 된다.

그래도 알베르게를 찾는 이유가 있다. 알베르게, 관리인을 뜻하는 스페인어 오스피탈레로스(hospitaleros)는 같은 뜻의 영단어 월든(warden)보다 '환영, 환대'의 의미를 더 많이 담고 있다. 바로 이것이 카미노의 본질을 설명하는 차이다. 가끔 만나는 교구 호스텔은 '줄 수 있는 만큼 주십시오. 줄 것이 기도뿐이라면 그것으로도 충분합니다.'라는 철학 하에 아직도 기부금만 받는 것을 원칙으로 한다. 그만큼 가성비가 좋아 경쟁 또한 치열하다.

7.

무작정 용서해야 하는가?

순례길 25일차 종반으로 접어들었다. 이제 걸어온 길 보다 걸어야 할 길이 더 짧게 남았다. 무거웠던 마음은 아직도 개운치 않은데 얼마 안 있으면 이 순례길도 끝이 난다. 대부분의 순례자들은 산티아고 데 콤포스텔라에 도달할 때쯤 후회를 남긴다고 한다.

왜 이렇게 빨리 오게 되었지? 그 어려운 과정을 거쳤는데도 목적했던 득도의 과정, 해탈의 경지, 성령 충만함이 이루어지지 않기 때문이다. 나 또한 마찬가지 심정이다. 제 2의 인생 어떻게 살 것인가? 내 사전에 은퇴는 없다는 신조를 지키고자 하는데 어떤 일을 하고 살아야 하나? 마음이 바빠진다.

사모스를 향해 가는 길에 변호사로부터 카톡이 왔다. 5년 전부터 나를 괴롭힌 사람의 형사 민사 통틀어 최종 종착지인 민사 대법원의 최종 판결문이다. 원고의 상고 모두를 기각하고 소송비용은 원고가 부담한다. 완벽한 승소다.

사필귀정이지만 그동안 애 많이 먹었다. 지난 5년간의 그 지난했던 과정이 파노라마처럼 펼쳐진다. 5년간이나 형사 민사 이를 통한 협박, 심한 언론플레이를 고스란히 당했다. 생각할수록 분하고 억울한 과정이었다.

재판을 경험하지 못한 사람들은 아마 이해하지 못할 것이다. 그 지난하고 살 떨리는 험난한 과정을. 경찰조사에서부터 시작하여 검찰조사를 거쳐 재판에 이르는 과정은 어쩌면 한계상황을 넘나드는 순례길 과정과 닮아 있다.

성경에도 주문하고 있다. 재판정에 가는 길에서라도 합의를 하라고. 바닥까지 드러난 상대의 이기적인 본성 앞에 억장이 무너진다. 검찰조사가 있는 날이면 며칠 전부터 잠을 이룰 수가 없고 항상 긴장을 하게 되어 심하게 설사를 한다.

우체국 집배원이 출두하라는 송장을 배달하면 이건 또 뭐야 하고 심한 긴장을 하게 된다. 억울한 마음에 밤에 자다가 벌떡벌떡 일어나곤 한다. 하나의 사건이 시작되어 끝나기까지의 과정은 평균 5년을 넘나든다. 그것을 여러 건에 걸쳐서 당해왔으니 징그럽다. 생각만 해도 아찔하고 어떻게 견디어 왔는지 모르겠다.

이제 모두 끝났고 완벽한 승소인데 앞으로 어떻게 해야 할 것인가? 다시 제대로 살고자 한다면 누구나 스스로를 용서하는 일로

부터 시작하지 않으면 안 된다. 산티아고 순례길에는 '용서', '자비'라는 이름의 페르돈(perdon) 고개가 있다.

그 고개를 힘겹게 넘으며 스스로를 용서하고 오래 묵은 원수들을 용서하자고 다짐했다. 용서하고 화해한다는 것은 정말이지 쉽지 않다. 스스로를 용서한다는 것은 지나온 나날 속 회한과 후회로부터 자유롭게 하는 것이다. 더 이상 '그때 왜 그랬을까?' '바보같이 왜 그렇게밖에 못했나?'라는 자책과 자학을 털어내는 것이다.

이미 용서하자고 맘을 먹었으나 용서도 지혜롭게 해야 한다. 덮어놓고 용서했다가는 되치기 당하기 쉽다. 사람이 다 똑 같지 않고 다 내 마음 같지 않다. 별 희한한 발상과 상상을 초월하는 방식으로 괴롭힘을 당할 수 있다. 내가 상식적으로 생각하고 거기에 맞추어 계획을 세우고 실행하다가는 큰코다치기 쉽다.

참는 데도 한계가 있다. 계속 수비만 했는데 공격으로 전환해야 하나? 하지만 세상에는 하지 않으면 아무 일도 일어나지 않지만 긁어서 부스럼 내는 일이 얼마나 많던가. 적절한 비유가 아닐지 모르지만 스킨스쿠버를 하는 분의 말이 생각난다. "해류를 타면 가만있어도 500m를 가고 벗어나면 온갖 용을 써도 5m를 가기 힘들다." 그래서 준비하고 갖추어서 때를 기다려야 한다는 것이다.

공격과 수비, 용서와 자비를 적절하게 잘 사용하며 대처해야 한다. 만반의 준비를 하고 때를 기다리자. 끝날 때까지 끝나는 게 아니다.

8.

순례길에서 결혼 35주년을 맞다

집 떠나온 지 한 달 오늘이 아내와 결혼한 지 35주년이 되는 날이다. 요즘의 평균연령으로 보아도 거의 평생의 약 반을 함께 살아왔다. 오래도 함께 했다. 아내와 스페인 와인을 한잔 하는데 지나온 세월이 주마등처럼 스치고 지나간다.

스페인에서 포도가 본격적으로 생산되기 시작한 때는 프랑스의 와인생산지역 포도밭에서 발생한 질병인 '필록세라'가 번지면서 부터다. 이를 피하기 위해 남쪽으로 내려와 재배를 시작했고 대체지역으로 스페인 북부로 눈을 돌리면서 본격화되었다.

스페인 와인은 상대적으로 브랜드화가 안 되어 고가 와인은 많지 않다. 하지만 상대적으로 저렴하고 새롭고 다양한 와인을 맛볼 수 있어서 스페인 와인은 점차 세계적으로 인기를 얻어가고 있다.

순례길 중간에 공짜로 와인을 주는 곳이 있다. 그 유명한 이라체 수도원 근처 와인 양조장 벽 이다. 그 벽에는 조가비 모양으로 된 두 개의 밸브꼭지가 있다. 틀게 되면 하나는 물이 나오고 다른 하나는 와인이 나온다.

거기에 이런 문구가 쓰여 있다. "순례자여! 산티아고까지 힘차게 가려거든 비노 한 잔을 들고 행운을 건배하라." 스페인에서는 와인을 '비노(vino)'라고 한다. 맛은 썩 좋지가 않았지만 물병의 반을 채우고 나니 그래도 마음이 뿌듯하다. 공짜라면 양재물도 마신다고 ㅋ

음식에도 궁합이 있듯이 와인과 궁합이 맞는 것은 역시 하몽이다. 하몽은 자연 방목한 흰 돼지의 뒷다리로 만든 하몽 세라노(Jamón Serrano)와 흑돼지의 뒷다리로 만든 하몽 이베리코(Jamón Iberico)가 그것이다. 둘 중에서는 하몽 이베리코를 더 쳐준다. 특히 도토리만 먹여서 키운 흑돼지의 뒷다리로 만든 것을 '하몽 이베리코 베요타'라고 하는데 예로부터 이것을 최상급 하몽으로 쳐줬다.

이처럼 스페인에 와서 참 많이 먹었던 것을 꼽으라면 단연 와인과 사과다. 사과는 본전 생각이 나서 더 먹었다. 한국에서는 사과가 금사과라고 사과 한 개에 1만원까지 했었다. 스페인에서는 10개쯤 들어있는 사과봉지가 3유로(한화 약 4천5백원)쯤 하니 거의 거저인 느낌이다. 사과를 비롯하여 스페인의 과일은 한국보다 더 맛

있는 것 같다. 일교차가 심해서 그러는 모양이다.

스페인의 이글거리는 태양은 특별나다. 산티아고 길이 대개 북위 40도 전후에 걸려 있고 지구의 자전축이 약간 이울어져서인지 몰라도 뜨겁다 못해 살이 익을 정도다. 그 햇볕을 받으면서 일을 하거나 걷는 것은 꺼려지는 것을 넘어 무섭다.

지금 아내와 마시고 있는 스페인 와인도 한국의 1/3가격밖에 안 되어 많이 마셨다. 약 2.5유로(한화 약 4천원)면 먹을 만하니 부담 없이 거의 매일 한 병씩을 먹었던 것 같다. 와인이 몇 잔 들어가니 많은 생각들이 떠올라 뒤척인다.

60년을 살아온 나의 인생에 대하여 걸으면서 끝도 없이 반추했던 생각들이 다시금 떠오른다. 순례길을 걷게 되면 뿌리부터 자신을 성찰하게 된다. 하루에 약 20~30km를 6시간에서 8시간씩 걷게 되니 자연스럽게 자신이 살아온 인생을 끝도 없이 돌아보면서 성찰하게 된다. 참 60년을 살아오면서 대목대목에 많은 실수를 하였다는 것을 반성하게 된다.

60평생 살아온 날이 실수투성이다. 참 어설프게 살아왔구나하면서 왜소해지는 나를 발견하게 된다. 그 근원을 살펴보면 근거 없는 낙관주의가 자리 잡고 있었음을 발견하게 된다. 어떻게 잘 되겠지 하는 근거 없는 희망과 낙관, 주변에서 잘 도와주겠지, 누가 잘 살펴봐 주겠지, 하나님의 공의로운 섭리로 잘 되겠지 하는 근거 없는 낙관주의로 결정적인 대목에서 어처구니없는 실수를 하게 되었음을 뼈저리게 반성하게 된다.

우리 인간은 신의 도움 없이는 아무 것도 이룰 수 없지만, 신은 인간의 노력과 실행 없이는 아무 일도 안하신다. 결국 하늘은 스스로 돕는 자를 돕는 것이다. 일거수일투족 A부터 Z까지 실행계획을 세우고 거기에 맞게 끝까지 잘 살펴서 마감을 하지 않으면 어느 결에 일이 어그러질 수 있다. 결코 모든 사람들이 내 맘 같지가 않다. 끝도 없이 살피고 확인해야 한다.

　남은 인생, 인생 제2막 향후 30년을 제대로 설계하고 조금이라도 덜 실수하는 삶을 살도록 노력해야겠다. 그래도 지금까지 내 인생 최고의 선택은 아내가 아니었을까 하면서 잠을 청해본다.(닭살ㅋ)

9.

내 맘속의 괴물,
암초와 진정으로 화해하다

러시아 대문호 톨스토이가 쓴 것 중에 <사람에겐 얼마만큼의 땅이 필요한가?>라는 글이 있다. 이를 증명하기라도 하듯 톨스토이 생가 앞의 땅에 톨스토이가 묻혀 있는데 자그마한 비석하나가 고작이다.

그냥 오솔길을 지나다보면 보이므로 무심코 가면 보이지도 않는다. 톨스토이는 그 글의 제일 마지막 구절을 통해 이렇게 말한다. "머리에서부터 발끝까지 그가 차지할 수 있었던 땅은 정확히 2제곱미터가량밖에 되지 않았다." 톨스토이는 대지주의 아들이어서 생가 터 일대 수 만 평이 자신의 땅이었다.

아등바등 생존경쟁을 하고 사는 우리들은 죽을 때 얼마나 많을 것을 가지고 갈 수 있을까? 생존을 위한 아귀다툼 속에 우리는 주변과 다투고 미워하고 원한을 일삼는다. 미움은 먼 데 있는 사람, 낯선 사람을 향하기보다는 자기 가까이 있는 사람들을 향해 있는 경우가 대부분이다.

거의 모든 사달은 욕심 때문에 발생한다. 그 꼬인 매듭을 풀고 내려놓아야 한다. 결국 내려놓는다는 것은 용기요 결단이다. 내려놓는 것은 다시 제대로 들겠다는 무언의 바람이요 의지다. 정녕 내려놓아야 할 것은 내가 짊어진 배낭이 아니다. 내 마음에 똬리를 튼 부질없는 욕심과 오기, 미움과 분노, 원망과 시기다.

지난 몇 년간 나를 심하게 괴롭힌 마음속 괴물들과 화해했다. 그 괴물은 울화병이 치밀어 올라 숨도 쉬기 힘들 정도로 자나 깨나 나를 괴롭혔다. 가슴 저 밑바닥에서부터 짓눌러오는 암초덩어리는 묵직하게 나를 압박했다. 그 괴물들에 대한 생각은 시도 때도 없이 일어나고 한번 시작된 생각은 끝도 없이 이어져 온갖 저주를 퍼붓고 나를 자학하게 만들었다.

순례길 35일 동안 내려앉는가 싶으면 또 올라오고 잠잠하다 싶으면 또 올라왔다. 정신병이 단단히 걸린 것 같아 정신병 약을 처방받아 먹어야겠다고 수도 없이 다짐했다. 나의 의지로 해결되지 않는 문제, 늘 나의 사고와 마음을 지배하고 있는 그 괴물, 암초덩어리는 눈을 감으나 뜨나 엄습했다.

산티아고 순례길이 끝난 다음날 대성당 근처 선술집을 아내와 같이 찾았다. 나름 현지인들이 즐겨 찾는 골목 안 허름한 선술집

분위기였다. 몇 잔을 들이키는데 뭔가 가슴 저 밑바닥에서 뜨거운 것이 솟아올랐다. 울컥하고 울 것만 같았다.

내 마음 속 저 깊은 곳에 똬리를 틀고 웅어리져 있던 그 무언가가 분출하듯 올라왔다. 오장육부의 속을 비집고 올라오듯 오래 묵은 내 맘속의 뜨거운 눈물들이 솟구쳐 올라와 참기 힘들었다. 뜨거운 뭔가가 치밀어 오르더니 마침내 그 괴물들이 측은하게 여겨졌다. 불쌍하다는 생각이 확 들었다. 내가 이렇게 힘든데 그 괴물은 얼마나 더 힘들겠는가? 자살을 생각하고 죽음의 문턱을 넘어온 그 괴물은 얼마나 더 힘들겠는가?

솟아오르는 측은지심이 나를 휘몰아쳤다. 그래 한 번 더 감싸 안자. 따뜻하게 위로하고 화해하자. 진정으로 살아보고자 발버둥치는 그 괴물을 받아들이자. 진심을 다해 가슴을 맞대고 해결해보자. 그 성령의 불길 같은 용서와 화해의 측은지심은 내 온몸을 휘감고 눈 녹듯이 그 괴물을 사랑스러운 가여운 존재로 둔갑시켰다.

이번 산티아고 순례길에서 얻은 성과라면 단연코 그 용광로와 같은 용서와 화해의 측은지심이 아닐까 싶다. 양질전화의 법칙이라고 끝도 없는 분노와 저주, 자책과 자학, 그리고 이것을 뛰어넘고 승화 발전하여 내면에서 우러나오는 성령의 불길이 아니었나 싶기도 하다.

10.

포루투 어르신의 헌신에 고개 숙이다

내일이면 떠난다. 이번 40일간의 일정이 모두 끝난다. 집으로 돌아갈 시간이다. 참 많이도 다녔다. 프랑스 파리에서 이틀, 스페인 산티아고에서 35일, 포루투에서 3일 정신없이 돌아다녔다. 거의 매일 매일 짐을 쌌다 풀었다를 반복했다. 쉴 틈이 없는 강행군이었다. 그 말랐던 살이 더 빠져나간 느낌이다. 무엇을 버리고 무엇을 얻었나?

앞으로 어떻게 살아가야 하나를 수도 없이 되뇌었는데 변한 것은 하나도 없는 것 같다. 하루에도 한 번씩은 이 미친 짓을 내가 왜하나? 하는 생각을 반복했다. 떠나오기 전 누군가가 이렇게 얘기했던 기억이 난다. 처음 산티아고 순례길을 걸었을 때는 별 감흥이 없었는데 그게 뭐라고 고국에 돌아가 생활하는데 계속 생각이 나길래 한 번 더 산티아고 순례길을 찾게 되었다고.

어느 분은 순례길을 걷고 있는 나에게 이렇게 얘기했다. '인생 최고의 시간'이 될 것이라고. 따라서 나 또한 하루에 한 번씩은 이 미친 짓을 왜하고 있나 생각날 때마나 맞받아쳤다. 이게 아마도 나에게 인생 최고의 순간이 될 것이라고.

산티아고 데 콤포스텔라에서 순례길을 마치고 버스를 타면 포루투갈의 포루투를 갈 수 있다. 따라서 많은 사람들이 떡본 김에 제사를 지내는 심정으로 포루투를 찾는다. 우리도 그 길을 택했다. 아니나 다를까. 고통의 순례길을 모두 마치고 포루투갈의 포루투에서 여정을 마무리하는데 아내의 표정이 참 많이 밝아졌다. 말도 많아졌다. 떠나왔을 때 약 일주일은 서로 간에 별로 말이 없었다. 말로 하는 대화는 거의 없고 묵언수행으로 일관했다. 최근 몇 년 동안 이루 말로 표현하기 힘든 불운한 일들을 겪어내야 했기 때문일 것이다.

평생에 한 번 겪기도 버거운 일들을 소나기처럼 맞아야 했다. 어디다대고 말도 못하고 끙끙 속앓이를 해야 했다. 그것을 서로 알기에 대화가 없는 중에 서로 속으로 삭이는 과정이었다. 세월이 약이라고 조금씩 조금씩 내려앉으면서 표정이 밝아지고 일상을 주제로 대화를 이어나가게 되었다. 성과라면 큰 성과다.

돌아가면 또 어떤 시련이 닥쳐올지 모르지만 묵묵히 버텨낼 심신의 근육이 다단해진 느낌이다. 허탈하고 공허하여 곧 주저앉을 것 같은 마음 상태에서 주먹을 불끈불끈 쥐어보는 결기가 솟아오름을 느낀다.

그래 다시 시작해보는 거다. 쓰러지고 넘어져도 다시 일어날 수 있는 용기가 남아있다면 살아있는 것이다. 살아 있음에 감사하고 새로운 마음으로 새로운 기분으로 다시 시작해보는 거다. 아직 죽지 않았다. 일어날 용기만 있다면 충분히 살 가치가 있는 것이다.

생각을 정리하고 포루투 공항으로 떠날 채비를 한다. 포루투갈의 포루투는 낭만과 휴양의 도시로 보인다. 사람들이 왁자지껄하다. 물론 여행객들이 태반이니 그럴 법도 하다. 포루투를 떠나올 때의 일이다. 포루투 시내 상뱅투역에서 공항을 가려면 한번 갈아타야 한다. 중간에 D라인에서 E라인으로 갈아타야 해서 E라인 플랫폼으로 갔다.

그런데 그때 벤치에 앉아있던 노인 한 분이 공항으로 가느냐고 묻는다. 맞다고 했더니 저 건너편 1번 플랫폼으로 가라고 한다. 3번 플랫폼이 맞다고 했더니, 아니란다. 그러면서 따라오라고 한다. 3번 플랫폼에서 1번 플랫폼으로 가려면 지하로 한 층 내려갔다 다시 올라가야 한다. 노인 어르신은 그 길을 앞장서서 가더니 여기서 타란다.

내가 못 미더워서 핸드폰 구글 맵의 이동 경로를 보여드리자 전광판을 가리키면서 여기가 맞다고 한다. 그래도 미심쩍어 하자 지나가던 여경을 붙잡고 공항 가는 것이 여기가 맞지 않냐고 나에게 확신을 시켜주고는 그래도 약간 미심쩍어하는 나를 뒤로 하고 갈 길을 가신다. 그래서 자세히 전광판을 살펴보니 공항 가는 전철이

1번 또는 3번이라고 스크롤로 지나간다.

 얼마 안 있다 정말 3번 플랫폼이 아닌 1번 플랫폼으로 전철이 먼저 와서 그 전철을 타고 공항에 무사히 도착했다. 공항 가는 내내 그 노인 어르신의 '왜 그렇게 의심이 많으냐?'는 눈빛을 잊을 수가 없어서 부끄럽고 죄스러웠다. 눈을 감고 그 맘씨 좋은 노인 어르신께 복을 내려달라고 기도하면서 공항에 내렸다.

11.

프랑스 파리에 대한 첫 인상

산티아고 순례길을 프랑스 남부 생장에서 시작하는 프랑스 길을 택해 도랑치고 가재 잡는 심정으로 프랑스 파리에서 이틀 밤을 묵으면서 파리 시내를 구경했다.

몽파르나스타워 56층 레스토랑에서 바라본 파리의 풍경은 참으로 인상적이었다. 에펠탑이 저 멀리 조그맣게 보이고 그 너머로 지평선이 끝도 없이 펼쳐진다. 그야말로 광활하다. 군데군데 조성되어 있는 공원과 역사 유물은 눈의 풍미를 더 한다.

내려와서 걷는 도시의 건물들은 모두 석조 건물로 건물과 건물이 맞닿아 있어 하나의 성처럼 느껴졌다. 불이나면 어떡하나 소방차는 어떻게 들어가고, 걱정 어린 시선으로 바라보았는데 기우였다. 자세히 살펴보니 파리의 건물들은 목조건물이 아닌 모두 석조

건물이라 그런 염려는 안 해도 될 것 같다.

노트르담 대성당을 가는데 중간에 성야고보 성당이 있어서 들어가 보았다. 소박하면서도 안을 넓게 아주 개방적으로 의자들이 비치되어 있었다. 족히 500명은 넘게 예배를 드릴 수 있을 것 같다. 굳이 권위를 내세워 그 권위에 눌리지 않도록 세심하게 배려한 느낌이다.

노트르담 대성당, 루부르 박물관, 상제리제 거리 등 시내 곳곳이 수리중이다. 2024파리올림픽을 겨냥해서 대대적인 꽃단장을 준비하는 모습으로 분주하다. 개선문 꼭대기에서 바라본 파리 시내 또한 광활함이 그대로 나타난다. 멀리 몽마르트언덕도 눈에 들어온다.

12방사형이 눈에 선하게 남아 있다. 왜 도로를 12방사형으로 만들었을까? 12달. 12지파(?)를 상징하는가? 200년 전 이러한 석조 건축물을 떡 허니 세워놓은 배포가 알아줄만 하다. 개선문, 개선장군(凱旋將軍)에서 개선은 전쟁에 나가 승리하는 것을 의미한다. 아울러 어떤 일에 성공하여 의기양양한 사람을 비유적으로 이르는 말이다.

바토무슈라는 센강의 유람선도 타보았다. 불어를 비롯하여 6개국 언어로 주변 볼거리를 설명해주는데 놀랍게도 한국어가 끼어 있다. 참 많은 한국인이 단체관광을 즐기는 모양이다. 어쩐지 샤를 드골 국제공항에서 입국심사 때 여권을 보여주니 봉쥬르 하면서

도장을 팍 눌러준다. 한국의 위상을 다시 한 번 실감나게 하는 대목이다.

잠시 센강과 한국의 한강을 비교해본다. 센강은 폭이 한강의 5분의1도 안되어 보인다. 하지만 유람선을 비롯하여 수많은 배들이 오가고 다리 위와 강변을 지나는 사람들이 손을 흔들고 환호성을 지르느라 요란하다. 퍽 사람 친화적으로 사람과 함께 하고 있는 센강을 느껴본다.

하루를 온전히 돌아본 파리는 역사가 숨 쉬는 품격 있는 도시로 유럽에서 가장 많은 사람들이 찾는 도시라는 명성에 걸맞은 것 같다. 가기 전 유튜브를 통해 소매치기와 강도들의 소굴이라고 주입된 나의 인식이 민망할 따름이다.

다음날 파리에서 바욘을 거쳐 생장으로 가는 기차를 탔다. 테제배가 속도를 내어 달리는 차창 밖으로 풍경이 스치고 지나간다. 이 길의 끝에는 800km를 쉼 없이 하루에 25km를 35일간을 걸어야 한다, 스올로 들어가는 고속열차인 것 같아 마음이 스산해진다. 부슬부슬 비가 내리니 더욱 더 마음이 심란해진다.

하지만 생장에 도착하니 비가 그치고 아담한 식당에서 와인을 곁들인 점심 식사를 하고 나니 마음이 한결 가벼워진다. 내일부터 시작이다.

12

혼자 갈 것인가
짝과 함께 갈 것인가?

떠나기 전 어느 모임에서 산티아고 순례길을 간다고 얘기하고 나오는데, 한 사람이 다가와 살짝 귀띔을 해준다. "산티아고 순례길이 너무 힘들어 커플이 함께 갔다가 많은 사람들이 이혼하게 된다."면서 특별히 조심하라고 당부한다.

가장 치사한 복수는 보고 싶을 때 얼굴을 보여주지 않는 것이고, 가장 잔인한 이별은 예고 없이 사라지는 것이라고 한다. 실제 많은 사람들이 커플끼리 갔다가 중간에 깨져서 둘 중 한 사람이 먼저 돌아오거나 사라져 각자의 길로 가는 경우가 많음을 듣고 볼 수 있었다.

아내의 친구 중 한 사람은 산티아고 순례길을 네 번이나 갔다 왔단다. 순례길에서 겪은 얘기를 나누는데, 그 친구는 여러 커플들이 깨지는 모습을 보았다면서 "혼자 가지 무슨 일을 당하려고 함께 갔냐?"고 지청구를 하더라는 것이다.

산티아고 순례길은 하루 이틀에 끝나는 여정이 아니다. 장기간의 고통이 따르는 고행길이다. 매일매일 짐을 쌌다 풀었다를 반복하면서 한계상황에 부딪혀 예민해진다. 거리도 문제거니와 등에 진 짐의 무게가 온 몸을 짓눌러 거의 죽겠다 싶을 때 다음 숙소가 나타나게 된다.

이러한 한계상황으로 수 십일을 반복해야 하니 앞길이 깜깜하고 극도로 예민한 상황이 반복된다. 사람이 극한 상황에 처하면 본능이 나오게 된다. 아주 이기적인 본성이 드러나게 된다. 예민한 상황에서 말 한마디 표정 하나가 비수되어 꽂힌다. '아 저 사람이 저런 사람이었어?'하면서 깜짝 깜짝 놀라게 된다.

평소에는 전혀 그런 사람이 아니었는데 어쩌면 저렇게 자기 밖에 모르는 사람인가 하고 실망하기 일쑤다. 다시는 내가 당신과 함께 동반하여 여행을 가지 않을 거라 다짐에 다짐을 하게 된다. 그러다가 사소한 것으로 불이 붙어 깨지게 된다. 극도의 예민한 상황에서 깨지기 쉬운 부풀어 오른 유리잔과 같은 상대와 마주하게 되는 것이다.

순례길에서 세계의 각 나라에서 온 다종다양한 사람들을 보았다. 혼자 온 사람, 둘이 온 사람, 셋이 온 사람, 여러 가족이 함께 온 사람, 여행사와 함께 단체로 온 사람 등등. 그래도 가장 많은 경우는 은퇴한 부부가 가장 많아 보였다. 그 분들도 모두 그 힘든 과정을 겪었으리라.

우리 부부의 경우도 예외는 아니었다. 신경이 날카롭게 부딪쳤던 기억이 생생하다. 그때마다 마음속으로 다짐했다. '저 양반이 그동안 얼마나 힘들었을까'를 되 뇌이면서 "그려 당신 마음대로 하소!"를 연발했다. 그게 주효하지 않았나 싶다. 사람은 누구나 자신을 위해주는 사람을 본능적으로 좋아하게 되어 있다.

그래서 그런지 우리 부부는 가기 전보다 더 사이가 돈독해져서 돌아왔음을 느낀다. 40일간의 여정을 마치고 인천국제공항에서 나올 때 아내가 던진 말이 귓가에 쟁쟁하다. "그렇게 내가 좋아? 내가 그렇게 구박을 했는데도 다 받아주고."

여정이 힘들고 고단할수록 생각은 깊어지고 삶은 단단해지며 통찰은 빛이 나는 법이다. 밑질 것 없어 보이는 사이는 사랑이 아니다. 그건 자칫 거래가 될 수 있다. 어느 쪽으론가 기울어야 사랑인 것이다. 부부는 특히 산티아고 순례길에서의 커플은 그래야 되지 않을까?

02

나만의 힐링

1.

케렌시아를 아시나요?

서울대 소비트렌드 분석센터는 매년 대한민국의 소비트랜드를 발표한다. 2018년 대한민국

소비트렌드 중 하나로 선정된 '케렌시아'가 이후 새로운 소비트렌드로 주목을 받고 있다.

케렌시아(Querencia)는 스페인어로 피난처, 안식처를 의미한다. 투우 경기장에서 투우사와 마지막 결전을 앞두고 소가 잠시 쉬는 곳을 뜻한다. '바라다'라는 뜻의 동사 'querer(케레르)'에서 나온 케렌시아는 투우를 통해 피난처, 안식처, 귀소본능, 귀소본능의 장소 등을 의미하는 단어로 굳어졌다.

현대적인 의미로는 '스트레스와 피로를 풀며 안정을 취할 수 있는 공간, 또는 그런 공간을 찾는 경향'으로 의미가 확장됐다. 일상

에 지친 현대인들은 잠시 숨고르기를 할 수 있는 나만의 공간이 필요한데, 그곳이 소가 잠시 숨을 고른 뒤 다음 싸움을 준비하는 케렌시아와 닮았다는 것이다.

투우장의 소는 극심한 흥분과 공포에 빠져 있다. 붉은 천을 향해 소는 미친 듯이 돌진한다. 뒷덜미엔 투우사가 내리꽂은 창이 그대로 매달려 있다. 탈진 직전까지 내달리던 소는 피범벅이 된 채 어딘가로 달려간다. 소가 잠시 숨을 고를 수 있는 피난처, 바로 케렌시아다.

특이한 것은 케렌시아에서 쉬고 있는 소를 투우사가 공격하는 것은 매우 위험하다는 것이다. 소는 철저한 방어자세이기 때문에 섣불리 공격하다가는 오히려 반격을 당할 수 있기 때문이다. 소들이 케렌시아로 갈 때 투우사는 꼿꼿이 서서 소가 지나가도록 통과시킨다. 그때는 아무리 가까이 지나가도 자신을 공격하지 않기 때문이란다. 철저히 보호받고 주변의 어떠한 공격이나 간섭이 없는 나만의 공간으로 가는 것이다.

인디언들은 푸른 초원에서 말을 타고 힘차게 달려 나가다 가끔씩 멈추어 서서 주변을 살핀다. 이는 자기 자신의 영혼이 따라 오기를 기다리는 것이다. 자신의 영혼이 따라 올 수 없을 만큼 마구 달려왔다 싶을 때, 잠시 숨을 고르면서 '멍 때리기'처럼 무념(無念)의 상태로 자신을 돌아보는 것이다. 이 또한 인디언들이 자신의 케렌시아를 찾는 행위로 볼 수 있다.

최근 워라벨 등 휴식과 나 자신을 생각하는 라이프스타일이 주목을 받으면서 젊은 층에서부터 케렌시아 열풍이 불고 있다. 치열한 경쟁 사회 속에서 사람들은 쉽게 지친다. 일상의 휴식을 중요시하는 소비자들은 자신에게 보상하는 '셀프 보상'을 통해 치유하고자 하는 것이다.

퇴근 후 웹 서핑을 즐기며 하루의 스트레스를 해소할 수 있는 동네 카페, 혼자만의 사색에 빠져 작품을 감상할 수 있는 미술관 등. 아울러 반드시 시간과 비용을 들여 무언가를 만들고 어딘가 방문해야만 케렌시아를 가질 수 있는 건 아니다. 출근길 버스 뒷자리, 지하철 맨 끝자리, 햇볕이 적당히 드는 서점 귀퉁이 등 쉽게 지나치는 일상에서도 나만의 케렌시아를 찾을 수 있다. 내 마음이 편안해지는 곳이라면 어디든 케렌시아가 될 수 있으니 정답이 있는 것은 아니다.

전미영 서울대 소비트렌드분석센터 연구위원은 "앞으로는 개인공간인 방이 주목을 받으면서 주거 문화나 인테리어 문화가 변할 것", "케렌시아를 활용한 공간 비즈니스 또한 확대될 것"이라고 말했다.

타인의 방해 없이 온전히 나만의 시간을 보낼 수 있는 집은 '쉼'을 이야기할 때 가장 먼저 떠오르는 곳이다. 이때 단순히 잠을 자거나 TV를 보는 공간을 넘어 자신의 취향과 개성을 적극적으로 반영해 나만의 케렌시아로 꾸밀 수 있다. 피규어, LP판, 만화책 등 내가 좋아하는 아이템으로 방을 한가득 채워도 좋다.

집을 아름답게 꾸미는 것에서 나아가 본질적인 휴식을 즐길 수 있는 공간을 추구하는 셈이다. 인테리어를 통해 정서적인 만족감을 얻는 것은 물론이고 나만의 시간을 즐길 수 있어 하나의 새로운 주거 문화로까지 이어지고 있다. 유명 백화점들도 이러한 추세에 맞추어 기존 옥외 공간의 질을 더욱 향상시키고 테마 공간 등으로 변화시켜 고객들이 쇼핑을 즐기며 케렌시아를 즐길 수 있도록 유도하고 있다.

나아가 제도적인 측면에서 케렌시아 치유센터에 대한 지원 정책도 중요하다. 약 20년 전 경기문화재단 기조실장을 맡았었다. 당시 대한민국을 통틀어 문화재단은 경기문화재단이 유일했다. 얼마 안 가서 서울문화재단이 설립되었다. 이후 광역지자체에서 설립되고 이제는 각 시·군·구에 문화재단이 없는 곳이 없을 정도로 많이 생겼다.

향후 힐링센터도 마찬가지 일 것으로 보여진다. 먼저 우후죽순식으로 등장하는 힐링센터의 프로그램을 알차게 정비해야 한다. 아울러 기 설립된 힐링치유센터에 대한 올바른 지원 또한 현대인들의 지친 마음을 달래는 케렌시아를 체계적으로 육성·지원하는 방안이 될 것이다.

외국의 사례를 하나 살펴보자. 네덜란드의 케어팜 중 하나인 후버 클레인 마리엔달(Hoeve Klein Mariendaal) 농장. 이곳은 이용객이 농장에서 정서적인 안정을 찾는 것이 필요하다고 느끼면 지방정부에 케어를 신청을 할 수 있다. 의사소견서를 가지고 우리의 구청이나 군청의 사회복지담당 직원을 찾아가면 그가 판단해 치유농장을 배정한다.

이용료는 반나절에 35유로(약 4만6000원). 지방정부에서 직접 농장에 지불한다. 건강 및 교육 분야 프로그램비로 우리 정부가 저소득층 어린이를 위해 부담하고 있는 바우처 제도와 유사한 방식이다. 지방정부에서 부담하는 비용이 이 농장 1년 운영비의 60%가 넘는다. 덕분에 농장은 이용객들로부터 많은 사랑을 받는 공간으로 안정적으로 잘 운용되고 있다.

나만의 케렌시아는 어디인가? 요즘 휴식은 짧은 시간 집중적으로 이뤄지는 특징이 있다. 점심시간이나 자투리 시간을 활용해 휴식을 취한다. '패스트 푸드(Fast Food)'처럼 이른바 '패스트 힐링(Fast Healing)'이다. 맥주를 마시며 책을 읽을 수 있는 '책맥 카페'나 요가와 맥주를 함께 즐기는 '요가 카페' 등이 속속 등장한다.

이러한 현상도 나만의 방식으로 휴식을 취하려는 현대인들의 욕구가 많아지고 있기 때문이다. 대표적인 패스트 힐링 장소는 수면카페다. 음료 한 잔을 포함해 안마의자를 이용하는데 시간당 만원 안팎만 지불하면 된다. 점심시간에는 빈자리가 없을 정도다. 아울러 실제적인 공간은 아니지만 고민을 익명으로 털어놓고 이야기할 수 있는 '블라인드'앱을 케렌시아로 삼는 사람도 있다.

아직 나만의 케렌시아가 없다면 지금부터라도 찾아 볼 필요가 있다. 투우장의 소에게 케렌시아가 마지막 에너지를 모으는 곳이라면 바쁜 일상을 살아가는 우리들에게는 내일을 위해 잠시 숨을 고르는 나만의 아늑한 휴식 공간이 케렌시아인 것이다. 나만의 힐링 플레이스, 케렌시아는 어디인가. 그곳에서 새롭게 일어설 수 있는 에너지도 충전하고 반짝이는 아이디어도 만들어 낼 수 있다면 유익하지 아니할까.

(사진출처 : gettyimagesbank)

2.

아로마 마사지,
깊은 밤 잠 못 드는 그대를 위하여!

"이거 샘플로 가져다 사모님 마사지해드리세요. 좋아하실 겁니다."

경주 힐링페스타 행사 후 힐링산업협회 회원사 대표가 아로마 오일을 건네면서 한 말이다.

직접 시범을 보이겠다며 내 등 뒤에서 목덜미에 라벤더 향이 확 나는 아로마 오일을 찍어 바르고 지압하듯이 꾹꾹 누른다. 기분이 좀 괜찮아졌다. 엄지손가락만한 오일병 세 개를 받아들고 집으로 와서 아내에게 해주겠다고 하니 시큰둥해하면서 등을 내민다.

시범 받은 대로 해줬더니 싫지는 않은 눈치다. 그런데 이게 목부터 점차 어깨까지 해달라고 하면서 범위가 점점 넓어진다. 자연히

5분을 넘기면서 땀이 나고 힘이 든다. 종류별로 있던 조그마한 오일병이 끝나면 해방되겠지 하고 끝까지 싫은 내색 없이 해줬다. 그런데 웬걸 가운데 손가락만한 오일병을 사가지고 와서 계속 해달라고 등을 들이민다. 이게 그렇게나 좋은가?

아로마(Aroma)는 불어로 Arome(향기, 향미)라 하며, 사람에게 이로운 식물의 향기 또는 이를 사용하기 편리하게 정유(精油) 상태로 가공한 방향(芳香) 물질이다. 약용이나 향료로 사용하는 허브(herb)가 가공되지 않은 상태의 식물을 가리킨다면, 아로마는 허브를 채취하여 사용하기 편리하도록 가공한 상태라고 할 수 있다.

아로마를 이용한 향기치료 또는 향기요법을 아로마테라피(aroma therapy)라고 한다. 향기를 뜻하는 아로마(aroma)와 치료요법을 뜻하는 테라피(therapy)의 합성어다. 고대로부터 전해져온 자연요법이며, 오늘날에는 대체의학으로 부각되고 있다. 의료뿐 아니라 여성의 미용을 위한 화장품이나 방향제, 식품, 제약 등 다양한 분야에 이용되고 있다.

'향기'만으로 기억되는 아로마 오일에는 많은 치유력이 있는 것으로 알려져 있다. 피부 깊이 빠르게 스며들어 독소나 노폐물을 체외로 배출시킨다. 천연 유래 성분들이 피부와 몸을 정화하고 뇌를 맑게 해주며 혈액 순환을 촉진한다. 긴장을 풀어줘 찜질, 침, 부항 등 여러 개선 효과를 얻을 수 있다. 아로마테라피의 효능은 전

통적인 민간요법과도 맥락이 닿아 있다. 하지만 아직은 본격적인 의학 수준에는 이르지 못하고 의학치료의 보조적 수단이나 건강 증진수단 등으로 활용되는 정도다.

주의할 점이 있다. 아로마테라피에 사용되는 에센셜 오일은 식물의 성분을 매우 고농도로 농축한 것이다. 일반적인 아로마 상품과는 차원이 다르게 독하며, 취급 시 자외선이나 온도를 주의해야 한다. 특히 식물의 성분 중에는 자체 보호 역할을 하는 미량의 독성이 있기도 하다. 따라서 희석되지 않은 원액은 매우 순한 종류가 아닌 경우 절대로 맨살에 닿게 해서는 안 된다. 향도 좋고 효능이 어쩌고 몸에 좋다고 하여 피부에 그냥 끼얹으면 위험하다. 물론 그대로 먹어서도 안 된다.

바쁘게 돌아가는 현대인의 삶은 산더미 같은 할 일과 함께 온갖 스트레스로 점철되어 있다. 새벽에 눈이 떠지거나 잠들지 못하고 휴대폰을 만지작거리는 것 또한 바로 각종 스트레스로 인한 결과다. 밤새 잠 못 들고 뒤척이는 밤을 지새본 적이 없는 사람들은 이해하지 못할 것이다. 그 개운하지 않은 몸의 찌뿌둥함을. 반면에 잠을 푹 자고 났을 때의 몸이 날아갈 것 같은 그 상쾌함을. 아울러 머릿속이 복잡하고 스트레스가 머리를 짓누를 때 일단 자고나면 스스르 풀리는 경험 또한 있을 것이다.

이처럼 잠은 보약이다. 밤에 잘 자고 아침에 눈을 잘 뜨는 것은 생리적인 욕구의 하나로 매우 중요하다. 좋은 잠은 맑은 정신을 유지하여 깊이 생각하고 집중할 수 있게 해준다. 반면 불충분한 수면은 정신적·신체적으로 피곤함을 가중시켜 스트레스가 쌓이게 만든다. 아로마 마사지에 사용되는 에센셜 오일은 뇌에 강력한 영향을 주고 심신의 긴장을 풀어준다. 나아가 불면증이나 스트레스, 불안 등을 퇴치해 밤새 꿀잠을 잘 수 있게 해주는 효능이 있다.

하루 중 특히 밤에 향기를 맡으면 몸이 노곤해지면서 마음에 평화가 찾아온다. 다양한 아로마 요법이 힐링에 도움을 주는 것으로 알려지면서 많은 사람들에게 인기를 끌고 관련 시장에도 활력이 돌고 있다. 세상에는 스트레스를 주는 것도 많고 치유하는 방법도 다양하다. 무엇을 선택할 것인가는 전적으로 나의 몫이다. 나에게 좋은 것은 내 몸이 먼저 안다. 등을 들이미는 아내에게는 아로마 테라피가 꿀잠에 딱 좋은 모양이다.

3.

싱잉볼로 이명이 치료될까?

"이 회장님, 이명도 싱잉볼로 치료가 됩니다."

충주의 <깊은산속옹달샘>을 처음 방문했을 때 고도원 이사장님께서 주신 말씀이다.

나는 약 30년 넘게 이명(耳鳴)으로 고생중이다. 평상시는 머릿속 풀벌레 소리가 모기소리처럼 들리다가 몸이 잔뜩 피곤하면 매미소리로 바뀐다. 여간 신경 쓰이는 게 아니다. 진짜 싱잉볼로 이명이 사라질까?

싱잉볼은 노래하는 명상주발, 아름다운 소리가 울려 퍼지는 명상주발이다. 소리를 이용한 치유 도구로 티베트 불교에서 유래된 걸로 알려지고 있다. 표면을 문지르거나 두들겨 울림 파장을 만드는 종의 일종으로 티베트, 네팔, 북인도에서 오랜 전통으로 전해져 왔다. 독특한 소리와 울림으로 고유의 하모니를 만들고 이를 느끼며 명상과 함께 긴요하게 사용되고 있다.

싱잉볼을 치거나 문지르면 '웅~'하는 규칙적이고 미세한 소리가 발생하는 데 이때 진동이 함께 공기 중으로 전파된다. 이것이 몸속 깊은 세포까지 전달되어 온몸을 이완하는 데 도움을 준다. 울림을 통해 인체 내에 자리한 7군데의 차크라(순환, 인체의 여러 곳에 존재하는 정신적 힘의 중심점)를 정화한다. 아울러 에너지 근본 센터에 잠들어 있던 쿤달리니(인간 안에 있는 우주에너지)를 깨워 상승시킨다. 이를 통해 에너지 균형이 깨진 몸을 원래대로 돌려주고 뇌파를 마음이 안정됐을 때 나오는 알파파로 만들어주는 등 여러 가지 효과가 있다.

일종의 사운드 배스로 통한다. 사운드 배스(Sound Bath). 말 그대로 소리로 몸을 씻어 낸다는 의미다. 사람들이 가지고 있는 여러 감정들 중에서 부정적인 감정은 우리의 몸과 마음에 상처를 남긴다. 따라서 이런 부정적인 감정들을 씻어낼 수 있는 처방을 갖는 것이 필요하다. 1967년 의사이자 철학가였던 한스 제니(Hans Jenny)가 출간한 〈사이매틱스(Cymatics)〉는 소리가 지닌 효과를 시각적으로 나타냈다. 기체와 고체 및 액체에 진동을 가했을 때 만들어지는 진동 매트릭스, 즉 소리 치유 효과를 가시적으로 확인했다. 소리와 함께하는 명상이 힐링의 좋은 방법으로 증명된 것이다.

익히 알고 있듯이 우리 몸은 70%가 물로 구성돼 있어 진동에 민감하게 반응한다. 소리 파동의 공명 현상이 효과적으로 전달되는 조건을 갖추고 있는 것이다. 이 점이 사운드 테라피의 핵심 메커니즘으로 작동한다. 소리를 치료에 사용한 것은 싱잉볼이 처음으로 새로운 방법은 아니다. 북과 노래와 같은 음악을 치유 목적으로 사용한 역사는 고대 그리스와 이집트 시대로 거슬러 올라간다. 싱잉볼 또한 마찬가지로 이와 같은 오랜 전통을 가지고 있는 것이다.

듀크 대학교(Duke University)나 노스캐롤라이나 대학교(University of North Carolina)의 암 예방센터는 치유 과정의 중요한 부분으로 환자들에게 소리를 활용하는 것으로 유명하다. <소리의 치유력>(The Healing Power of Sound)으로 잘 알려진 Mitchell Gaynor 박사는 수년 간 암 환자들과 함께 하면서 싱잉볼을 포함한 소리 치료를 환자들에게 사용했다. 이를 통해 그는 음악을 듣기만 해도 효과적인 생리적 반응이 얼마나 많이 발생하는지를 다양한 연구로 보여줬다. 불안과 심장박동, 호흡수가 낮아지고 혈압이 낮아지며 두뇌의 천연진통제라 불리는 엔도르핀이 급증하여 면역체계를 더욱 강화하는 등의 효과를 입증해냈다.

참을 수 없는 불안, 무언가 채워지지 않는 느낌, 비워진 부분을 메우는 근원적인 한 조각이 부족한가? 이때 '소리'가 말로는 설명할 수 없는 안락함 또는 해방감을 느끼게 해줄지도 모른다. 싱잉볼 특유의 소리와 울림이 몸을 감싸면서 명상에 빠지게 되고 대부분의 경우 수면으로도 이어진다. 소리가 심장과 호흡 속도를 늦춰주며 심신을 편안하게 해줌으로써 스트레스 해소에 도움이 되는 것이다. 나는 그동안 몇 번 싱잉볼 체험을 해봤는데 그 얼마 안 되는 시간에 나도 모르게 모두 깊은 잠으로 빠져 들었다.

방법은 달라도 결국 힐링 사운드의 근본 목적은 나를 지금 이곳에 온전하게 머물게 해 정신과 육체, 영혼을 제자리로 되돌리도록 도와주는 데 있다. 싱잉볼 힐링 마스터 천시아 대표(젠테라피 네츄럴 힐링센터)는 "싱잉볼은 세포를 이완시키고 긴장으로 인한 통증을 줄여준다. 극도의 스트레스를 받아 긴장이 많은 사람이나 불면증이 있는 사람에게 적합하다."고 권유한다. 싱잉볼을 꾸준히 하여 이명을 사라지게 할 것인지 아니면 그냥 30년 동안 함께 해온 나의 소리거니 하고 데리고 살지 그것이 문제로다. 어느 것이 답인가요?

4.

술과 힐링, 그리고 '적당히'

'신은 물밖에 안 만들었는데 인간은 술을 만들었다.' 프랑스 낭만파 시인 빅토르 위고의 말이다.

한의학에서는 1침 2뜸 3약 이라는 말이 있다. 여기에 덧붙여 우스갯소리로 0술이라는 말도 회자되고 있다. 술이 그만큼 만병통치약에 가까운 효능이 있다는 말이다. 만병의 근원은 스트레스이고 이 스트레스를 다스리는 것이 술이라는 것이다. 단 전제조건이 있다. 말의 요물이기는 하지만 '적당히'라는 단서조건이 붙어야 한다, '처음 마실 때는 양과 같이 온순해지고, 조금 더 마시면 사자처럼 포악해지고, 더 마시면 원숭이처럼 춤을 추어대고 노래를 부르게 되며, 그 이상 더 마시면 돼지처럼 추해지게 된다. 이는 악마가

4가지 동물의 피를 취해 인간에게 준 선물이기 때문이다.'

탈무드에 나오는 격언이다.

술은 인류역사와 늘 함께 해왔다. 기원전 4,000~3,000년 경 지중해 동남부의 메소포타미아 문명과 이집트 문명의 기록이나 유물을 보면 이때 이미 포도주가 주된 교역 상품으로 유통되고 있었다는 것을 알 수 있다. 로마 신화에는 술의 신인 바쿠스가 나온다.

또한 함무라비 법전에는 술에 물을 타서 양을 속여 파는 상인은 사형으로 규정하고 있으며, 기원전 3,150년 경 파라오의 무덤에서 포도주 단지가 발견되었다. 성경을 보면 고대 이스라엘에서도 포도는 포도주를 만들기 위해 대량 재배되는 주요 작물 중 하나였던 것으로 보인다.

역사상 최초의 술은 포도주다. 다만 기록이나 유물로 실증되는 것이 포도주라는 것이고, 그 이전에도 다른 과일로 만든 원시적인 술이 있었다고 추정된다. 일부 지역의 코끼리나 원숭이들도 과일을 구덩이에 모아놓고 발효된 후 마시는 것으로 보아, 술은 현생인류가 등장하기 전부터 있었다고 볼 수 있다.

술은 사실 신체 건강상으로 보면 하등 도움이 될 것 없는 식품 중 하나다. 그렇지만 인류의 역사와 늘 함께 해왔으며 같이 동고동락을 한 역사가 있다 보니, 이제 와서 인류라는 종이 술을 끊기에는 거의 불가능에 가깝다. 특히 술은 단순히 영양이나 맛으로 마시기보단 사회적, 문화적인 이유가 더 크기도 한지라, 앞으로도 인류가 꾸준히 섭취할 식품으로 볼 수 있다.

그런데 의외로 대한민국 법령상 술은 오래도록 식품이 아니었다. 즉, 위생 관리 등의 측면에서는 식품이 아니었다는 말이다. 2013년 7월에야 식품위생법 개정으로 비로소 식품으로 인정받았다. 술이 없는 문화권은 찾아보기 힘들다. 또한 지역과 문화의 특색에 따라 많고 많은 종류의 술이 존재한다. 그만큼 술은 인간의 문화와 밀접하게 엮여 있는 기호식품이다.

미국 예일 의대 순환기내과, 메사추세츠 종합병원 및 하버드 의대 심장내과 연구진은 하루에 마시는 술이 심혈관질환에 미치는 영향을 알아보기 위해 매스 제너럴 브리검 바이오뱅크(Mass General Brigham Biobank)에 등록된 5만명의 데이터를 조사한 후 700여명의 뇌를 스캔해 연구했다.

연구 결과, 연구진은 하루에 술을 한 잔까지 마시는 여성과 최대 두 잔을 마시는 남성은 그 이상 마시는 사람이나 술을 전혀 마시지 않는 사람보다 심혈관 질환 위험이 낮았다는 것을 발견했다. 심한 스트레스는 심혈관 내피세포의 기능에 손상을 미치고, 심혈관질환 발병에도 영향을 준다. 그런데 적정량의 술을 마신 사람들은 스트레스 반응과 관련된 뇌 영역인 편도체에서 스트레스 신호가 감소한 것으로 나타난 것이다. 대개 표준 1잔은 와인·막걸리·양주 1잔, 맥주 1캔, 소주 1/4 병을 말한다.

'처음에는 사람이 술을 마시고, 다음에는 술이 술을 마시고, 나

중에는 술이 사람을 마신다.'고 <법화경>에서 경고한다. 그렇다면 어떻게 마셔야 하는가? "참으로 술맛이란 입술을 적시는 데 있다. 소 물 마시듯 마시는 사람들은 입술이나 혀에는 적시지 않고 곧장 목구멍에다 탁 털어 넣는데, 그들이 무슨 맛을 알겠느냐? 술을 마시는 정취는 살짝 취하는 정취이지, 얼굴빛이 홍당무처럼 붉어지고 구토를 해대고 잠에 곯아떨어져 버린다면 무슨 술 마시는 정취가 있겠느냐?" 라고 다산 정약용선생은 주법을 설파하고 있다. 오늘 저녁에는 어떤 술로 누구와 함께 살짝 적시면서 힐링의 시간을 가져 볼까나?

5.

> ### 말(馬)을 타보신 적 있나요?

"이회장, 시간되면 힐링 승마도 공부해보시게나"

김낙순 전 마사회장님이 내가 쓴 힐링칼럼을 보고 보내온 톡이다. "단가가 비싼 게 흠이긴 한데..."라면서 말꼬리를 흐린다.

몇 해 전 여름 지인들과 함께 몽골여행을 다녀왔다. 몽골여행의 백미는 끝도 없이 펼쳐지는 대평원에서 멍 때리기와 말 타기다. 처음 타본 말은 생각보다 높았다. 고삐를 쥔 사람의 손에 이끌리는 말은 양순하기 그지없었다. 따뜻하게 전해져오는 말의 체온과 볼에 미끄러지는 바람으로 마음은 날아갈 듯 했다. 영화에서 보는 것처럼 달리고 싶었지만 위험하다고 말려 조금 아쉬웠지만 처음으로 말과 함께 힐링하는 순간이었다.

우리 국민들은 승마하면 대개 경마부터 떠올려 부정적인 이미지가 앞선다. 말 산업을 매출액 기준으로 분석하면 경마가 98%를 차지한다고 하니 당연히 그럴 만도 하다. 아울러 골프나 서핑처럼 승마도 경제력이 따라야 즐길 수 있는 스포츠라는 오랜 고정관념도 한몫하고 있다. 따라서 일반 서민들 입장에서는 너무 멀리 다른 세상에서 그들만이 즐길 수 있는 스포츠라는 인식이 강하게 작용하고 있다.

실제로 일간스포츠지에서 조사한 바에 의하면, 승마는 야구나 축구, 농구, 수영 같은 다른 스포츠보다 훨씬 돈이 많이 드는 스포츠의 끝판왕으로 소개된 바 있다. 승마의 기초를 다지는 데만도 최소 1억 원 이상이 들 정도라고 하니 선뜻 나서기가 쉽지 않은 것이 사실이다.

승마는 기원전 4000년 아시리아와 바빌로니아 지역에서 시작된 것으로 알려져 있다. 이후 고대 그리스로 전파되었으며, 기원전 600년경에는 고대 올림픽 종목으로 채택되기도 했다. 우리나라의 경우는 고대로부터 시작되었으며, 고구려 고분 벽화에서 승마 주제 그림이 있고 신라의 거도와 이사부는 주변 나라를 방심하게 만들기 위해 마숙(馬叔)이라는 승마 대회를 개최했다는 기록도 있다.

승마는 기수가 잡고 있는 고삐의 작용과 다리의 조절이 중요하며, 말에 기수의 체중을 가한 뒤 말의 추진력을 이용하여 인마(人

馬) 일체의 리드미컬한 평형 운동을 하는 것이 포인트다. 아울러 말은 워낙 섬세하여 대충 다루다간 결코 제대로 된 승마를 하지 못 한다. 즉 승마는 생명이 있는 말과 사람이 일체가 되어야 하는 특수한 성격의 운동으로, 신체 단련 및 기사도 정신 함양을 통해 호연지기를 기를 수 있는 스포츠다.

한편 귀족 스포츠의 대명사였던 골프도 예전에 비해 문턱이 낮아져 어느 동네든 골프 연습장을 쉽게 찾아볼 수 있고 연예인들의 골프 프로그램이 TV에도 자주 나온다. 골프처럼 승마도 진입 장벽이 많이 낮아지고 있다. 우리나라 국민소득이 3만 달러를 넘어 선진국으로 진입한 상황에서 말 산업이 귀족 스포츠로만 인식되는 것은 시대에 한참 뒤떨어진 사고방식이다. 승마는 오히려 건강과 여가를 즐기는 현대인에게 유익한 생활 스포츠로 각인되고 있다.

요새는 '재활힐링승마'가 회자되고 있다. 이는 '재활승마'와 '힐링승마'의 합성어로 재활승마는 일반적으로 장애인(신체 또는 지적 장애)의 신체·정신 활동의 개선을 목적으로 시행하는 말 매개 활동을 말한다. 힐링승마는 재활승마에서 파생된 것으로 외상 후 스트레스 장애를 겪은 소방관 등의 정신적 트라우마 및 스트레스 완화를 위한 말 매개 활동을 의미한다.

이제 힐링승마는 우리 곁에 가까이 다가와 있는 느낌이다. 제주도를 비롯하여 전국의 많은 곳에서 말타기 프로그램이 진행되고 있음을 볼 수 있다. 한국마사회에서 진행하는 힐링승마의 경우 참여기관에서 자체적으로 참가자 모집을 진행한다. 일반국민 대상 힐링승마 과정은 한국마사회 호스피아 홈페이지를 통해 선착순으로 모집에 나선다. 대한민국 성인남녀 만 18세부터 65세까지 누구나 신청할 수 있다고 한다. 한국마사회가 사회공헌 차원에서 인당 20만원의 정액을 지원하는 방식으로 진행된다고 하니 고려해 봄직 하다.

움직이는 말 위에서 떨어지지 않게 자세를 잡고 있는 것만으로도 근력운동이 된다는 승마, 말이 달릴 때는 상체가 위 아래로 규칙적으로 움직여 신진대사에 도움을 준다는 승마, 따라서 짧은 시간만 운동해도 복부의 살을 제거하고, 하체 근력을 강화시켜주며 허리의 유연성으로 척추교정에도 도움이 된다는 승마, 이제부터라도 겁먹지 말고 함 시도해 보는 것은 어떨까요?

6.

네일아트, 눈물 나게 힐링이 되더라!

"뭔데 이렇게 사람이 많아?"

현대백화점 판교점 10층. 한 켠의 네일숍은 오후 1시가 가장 북적거린다.

이 시간에는 백화점 직원과 협력사 직원들이 삼삼오오 미리 예약한 네일 서비스를 받기 위해 줄을 선다. 회사 복지 차원에서 마련한 네일숍은 한 달 치 예약이 가득 차 있을 정도로 직원들이 가장 아끼는 곳으로 꼽힌다.

최근 호날두는 SNS에 사우나를 즐기는 사진을 공유해 곧바로 화제가 됐다. 그런데 팬들의 이목을 끈 건 조각 같은 복근이 아니었다. 발톱이었다. 호날두의 발톱이 까만 이유는 단순미용 목적은 아니다. 호날두 뿐만 아니라 많은 운동선수들이 곰팡이, 박테리아 감염을 피하기 위해 발가락을 칠하는 것으로 알려졌다. 팬들은 호날두의 복근보다 검은 발톱에 주목해 화제가 되었던 것이다. 네일 아트의 인기를 실감하는 대목이다.

네일 아트(nail art)는 손발톱에 하는 예술행위로 간단하게 손발톱에 하는 화장으로 생각하면 된다. 나아가 손톱, 발톱을 청결하게 유지·관리하는 것도 네일 아트라 불리며 그 종류가 다양하다. 네일 분야 중 아트는 가장 흥미로우며 독창적인 행위다. 손톱이라는 작은 공간에 창조적인 그림을 그려 넣을 수도 있고 인조 보석이나 장식품을 붙일 수도 있다.

네일 아트의 시작은 기원전 3000년경으로 고대 이집트와 중국에서 신분을 나타내는 것으로 사용되었다. 당시는 매니큐어가 없었기에 사람들은 관목에서 추출한 헤나를 사용했다. 신분이 높을수록 진한 적색으로 낮을수록 연한 색으로 칠했다. 네일 아트가 본격적으로 시작된 것은 19세기 초다. 매니큐어 전문회사에서 손톱을 관리하는 기구를 내놓음으로써 활성화 된 것이다. 한국의 첫 네일숍은 1988년 이태원에 그리피스라는 이름으로 개업한 가게다.

네일 아트 비용은 큐티클(손톱의 뿌리를 덮은 얇은 피부) 제거를 포함한 기본 손질은 1만~1.5만 원 정도 한다. 보통 매니큐어만 바른다면 몇 천 원 더 비싸고, 젤 네일을 바른다면 2만 원 가격이

추가된다. 따라서 젤 네일 원 컬러로 바르면 3만 원 정도 한다. 여기에 진주 등의 장식물을 붙이거나 온갖 화려한 기교를 부리는 경우 10만원은 우습게 뛰어넘는다. 젤 네일은 한번 받으면 대략 한 달 가량 유지된다.

전문 네일숍에서 관리를 받는다면 좀 더 수준 높은 시술을 받을 수 있다. 주로 전문적인 관리의 경우 손톱 위에 두껍게 손톱 전용 접착제를 붙여 관리한다. 그 접착제를 제거하기 위해서는 드릴 또는 파일로 갈아내는 등 전문적인 시술이 필요하다. 이를 방치할 경우 지저분해지고, 일단 한 번 받으면 계속 받아야 한다.

뷰티가 그러하듯 네일아트도 맛 들리면 돈 꽤나 나가는 분야다. 손톱은 평생 자라나므로 이발처럼 최대 3주 이내에 또 돈 내고 받아야 한다. 그래서 어쩔 수 없이 다시 숍에 가서 제거해야 하고, 다른 숍에 가는 경우 제거 비용이 추가로 든다. 화장품의 경우 액상을 제외하면 유통기한이 길기에 데일리 제품이 아닌 이상 사용 기간이 긴 편이다. 하지만 네일은 내용물이 남았다 하더라도 서서히 굳기에 수명이 더욱 짧다.

한편 요즘은 네일숍까지 가지 않더라도 집에서 셀프로 젤 네일을 할 수 있게 다양한 제품이 출시되었다. '올리브영' 또는 기타 화장품 가게에서 셀프로 할 수도 있고, 홍대 또는 다운타운에 가면 무인으로 셀프 네일을 할 수 있는 곳이 많다. 그러나 직접 젤 네일을 할 때 주의할 점이 있다고 한다. 바로 '젤 네일 알레르기'다.

최근 BBC는 영국 피부과 협회의 보고서 내용을 바탕으로 젤 네일 알레르기에 대해 경고했다. 일부 사람들이 셀프 젤 네일을 했다가 손톱 끝이 갈라지거나 손톱 주변에 발진이 생겼다. 아울러 드물게는 호흡 곤란까지 왔다는 보고가 있었기 때문이다. 이런 증상은 젤 네일 알레르기 때문인 것으로 주의가 필요하다는 점을 BBC가 지적한 것이다.

어린 시절 동네에서 봉숭아꽃으로 손톱에 물들이던 것이 생각나는데 이제 그것이 네일아트로까지 발전했다. "한 시간 정도 내 손을 잡고 조몰락거리면서 손톱을 예쁘게 해주는 서비스를 받고 나면 눈물 나게 힐링이 되더라."는 말을 듣고 적잖이 놀랐다. 그게 그렇게나 좋은가?

7.

크나이프 치유를 아시나요?

"어떻게 물속에서 몇 시간씩 있을 수 있지?"

아내가 목욕탕에 가면서 나에게 하는 말이다.

가끔씩 아내와 동네 목욕탕에 가면 아내는 때 밀고 마사지를 받는다. 그 시간 동안 나는 그냥 물속에 몸을 버려두고 있다. 온탕에 들어가 욕탕 턱에 수건을 깔고 머리를 내려놓고 두세 시간을 꼼짝 않고 있다. 내가 가본 곳 중 최고의 온천을 상상하면서 누워있다 보면 스르르 잠이 든다. 그렇게 하고나면 온 몸이 다 풀리는 기분이다.

독일의 치유도시로 유명한 바트 뵈리스호펜(Bad Worishofen)에는 치료와 요양을 위해 하루에 3,000~4,000명, 연 90만 명 이상이 방문하고 하루 이상 숙박하는 사람도 11만 명을 넘는다. 원래는 목축업으로 생계를 이어가던 조용한 시골마을이었다. 그런데 신부이자 의사인 세바스찬 크나이프(F.S. Kneipp)가 자연치료 요법을 선보이면서 지금은 독일 최고의 치유도시로 발전했다.

크나이프신부는 사제가 되기 위해 공부를 하던 중 결핵을 앓게 되었다. 당시 결핵은 사망에 이를 수 있는 심각한 질병이어서 그는 죽음만을 기다리고 있었다. 그러던 중 우연히 물 치료법에 대한 조그만 책자를 발견하여 스스로 적용해보고 기적적으로 회복된 뒤 물의 놀라운 치유 효과를 확신하게 되었다. 그 뒤 신부는 물을 이용하여 자신을 찾아오는 가난한 사람들을 고치기 시작했다. 놀라운 치료 효과가 소문이 났고 각지에서 수많은 환자들이 몰려들었다. 이들 중 교황 레오 13세, 영국 국왕 에드워드 8세도 크나이프신부의 치료를 받았다고 한다.

크나이프 치유는 다섯 가지 요소인 "물, 움직임, 음식섭취, 치유식물, 삶의 질서"를 기본으로 한다. 질병의 원인을 자연환경과 생활환경의 부조화로 인해 발생하는 것으로 보고, 생명체가 스스로 갖고 있는 자기 치유능력을 활용해서 원래상태로 회복할 수 있다고 보는 것이다. 독일에는 20개소 이상의 크나이프 요양지를 비롯하여 300개 정도의 치유 및 요양 기지가 있다. 치유와 요양 분야 종사자만 70만 명에 달할 정도로 치유산업이 활성화되었다.

크나이프 치유프로그램은 많은 의사들에 의해 연구 및 체계화되고 제도적으로 현대화되었다. 독일 내에서는 국가가 공식 인정하는(내과, 외과, 안과처럼) 전문 의료 분야로 자리매김 되어 있다. 현재 전 세계에서 현대의학에 의해 검증받고 인정받는 유일한 '자연치료방법'이라고 할 수 있다. 특히, 위 5가지 요소를 통합한 요법을 '면역력 강화 프로그램'이라고 당당하게 기술하는 이유도 의학적 임상실험을 통해 그 효과가 인정되었기 때문이다.

　수많은 질병이 우리를 괴롭히고 사망에 이르게 한다. 인류는 질병과의 전쟁의 역사로 볼 수 있다. 질병으로 인한 사망의 약 70퍼센트는 고혈압, 당뇨, 비만, 관절염, 골다공증, 치매 및 암 등 비감염성질환에 해당된다. 이것들은 "생활습관질환"이기도 하다. 따라서 일상생활에서 식습관과 어떤 생활 태도를 갖는지 주의 깊게 살펴 볼 필요가 있다. 원인을 정확히 진단해야 올바른 처방이 이루어질 수 있기 때문이다.

　우리는 먹을 것도 풍부하고 운동도 마음대로 할 수 있는 시대에 살고 있다. 몸에 좋다는 음식과 좋은 약들이 차고 넘친다. 하라는 운동법도 많고 마음공부에 도움이 되는 글과 책도 차고 넘친다. 이렇게 차고 넘치는 훌륭한 치유재료들을 어떻게 활용하면 무엇보다 소중한 "건강한 삶"을 계속 유지할 수 있을까?

　뇌 과학자이자 정신과 의사로 대한민국 힐링의 구루이신 이시형 박사님은 5년마다 시대의 화두를 모색하고 대안을 제시하는 것으로 유명하다. 박사님은 "2025년까지 대한민국이 붙잡고 나아가야 할 모토는 면역력 강화"라고 주장한다. 마찬가지로 면역력 강화를 답으로 제시하는 크나이프 치유요법은 코로나 펜데믹을 거친 우리에게 시사하는 바가 매우 크다.

우리나라도 사단법인 한국크나이프협회가 설립되어 활발하게 치유사업을 펼치고 있다. 한국크나이프협회 회장 장희정 박사는 "건강을 유지하는 길은 불로명약보다 매일매일 바르게 생활하는 것임을 크나이프 요법은 새삼 깨우쳐 주고 있다."면서 "살아가다 건강을 유지하는 방법을 잘 알면서도 지켜지지 않거나, 어렴풋이만 알고 있어서 자기신뢰가 안생기면 크나이프를 떠 올리기 바란다."고 역설한다. 오늘 저녁 맨발걷기나 족욕 어느 것을 해볼까?

8.

성형과 힐링
(예뻐지는 것으로 부터의 행복)

"요즘 연예인들을 보면 남녀 할 것 없이 얼굴이 다 똑 같아 누가 누구인지 모르겠다."

아내가 TV를 보면서 던진 말이다.

정말 러시아 마트료시카 인형처럼 모두 똑 같다. 마트료시카는 크기라도 다른데 이건 뭐 키도 모두 같은 여러 명의 연예인들이 한꺼번에 나와서 춤을 추고 노래하니 도대체 구별이 안 된다. 우리나라 성형기술의 힘이다. 세계일류를 자랑하는 성형실력을 맛보기 위해 외국의 부자들까지 줄을 서고 있는 실정이다. 가히 성형열풍의 시대다.

대한민국에서 가장 많이 시행되는 성형수술은 무엇일까? 대한

미용성형외과학회는 한 통계를 통해 1위는 눈 성형, 2위는 코 성형
이라고 밝혔다. 통계에서 나타나듯 사람들은 얼굴의 여러 부위 중
눈을 특별히 중요하게 여긴다. '눈으로 말하고 얼굴 중 눈이 7할이
다'라는 말이 실감난다. 눈이 시원스럽게 크고 눈빛이 맑으며 서글
서글한 눈매를 지닌 사람은 상대방에게 쉽게 호감을 준다.

　남녀노소 할 것 없이 예뻐졌다고 하면 좋아한다. 더욱이 젊은
여성일 경우 말해 무엇하랴. 한 통계에 의하면 18세 이상 여성의
77%가 미용을 위해 성형 수술의 필요성을 느낀다고 답했다. 실제
로 1번 이상 시술을 받은 여성이 47%에 달한다고 하니 정말 놀랍
다. 이러한 결과는 우리나라 여성 중 1%만이 자신이 아름답다고
생각한다는 통계에 그 원인이 숨어있다.

　외모 중시 성향이 강해서일까. 정신과 질환 중 추모공포증
(dysmorphophobia)이라는 환자가 있다. 자기 얼굴이 너무 못생
겼다고 생각해 남에게 불쾌감을 주기 때문에 사회 활동을 못하고
거의 은둔 상태로 지내는 환자를 일컫는다.

　"성형외과 의사는 칼을 든 정신과 의사"라고 말한다. 성형수술
이 마법도 아닌데 한 사람의 인생을 쉽게 변화시킬 수 있는 힘이
있겠냐 싶다. 하지만 성형수술은 남 보다 유리한 외모를 만들어 주
어 자신 없는 외모로 인해 위축되었던 삶의 태도를 바꾸게 해준
다. 따라서 생활에도 큰 도움이 되었다고 말하는 사람들이 많다.
성형수술 후 외모적 콤플렉스를 치유하고 매사에 자신감 넘치는
활기찬 태도가 상대방에게 호감을 주고 다시 피드백 되었을 가능

성이 높다.

요즘 대형병원에는 딱 봐도 외국인 환자들이 눈에 띄게 많다. 코로나 팬데믹 이전에는 연간 숫자가 50만 명에 육박했으며, 중동권 환자도 약 9000명에 달했다. 소위 의료 웰니스 관광객들이다. 이들 중에는 위·중증 환자도 있지만 성형, 미용과 관련된 사람들이 훨씬 많단다. K-POP, K-드라마 등 한류 덕분이기도 하다.

대한민국은 2009년 의료법 개정 이후 의료관광 활성화를 위해 많은 애를 써왔다. 의료관광에서 가장 큰 효과를 거둔 건 특히 성형외과였다. 한국의 성형외과 의사들이 실력이 좋다고 해외에 소문이 났고 중국을 필두로 미국, 러시아, 몽골, 동남아시아, 일본 등에서 수많은 의료관광객들이 지난 10년간 성형수술을 받기 위해 우리나라를 찾은 것이다.

염색 또한 우리만큼 열심히 하는 문화권이 또 있을까. 외국 사람들은 한국인들이 모두 청년상이라고 놀란다. 남녀를 불문하고 모두가 염색을 하고 얼굴을 가꿔 나이가 들었는지 도무지 알 수가 없다는 것이다. 그런데 거울에 비친 자신의 상과 자신감에는 상당한 관계가 있다. 이러한 현상은 K-POP 문화와 함께 젊고 활력이 넘치는 역동적인 우리 문화의 결과로 보여 진다.

"관상이 변하면 인생이 바뀐다."는 말이 있다. 이 말을 과학적으로 증명할 길은 없지만 충분히 가능한 얘기다. 성형수술로 외모에 자신감이 생기면 다른 사람을 만날 때도 항상 밝은 웃음과 환한 표정을 유지할 수 있을 것이다. 이로 인해 사람들에게 호감을 주고 내 마음에 힐링이 된다면 그게 행복 아닐까?

행복이란 이처럼 거창한 것이 아니라 우리 일상에 늘 존재하는 것이다. 신기루를 좇듯이 멀리 저 너머에 있는 것이 아니라, 자기가 처해진 조건에서 자그마한 변화 그거면 충분한 것이다. 비록 그 출발이 성형수술이라 할지라도 이 또한 새로운 행복의 시작점이 되기엔 충분하지 않을까 싶다. 여기에 하나 덧붙이자면 '이 세상 최고의 명품 옷은 바로 내적 자신감을 입는 것'이라는 말을 새겨 볼 일이다.

9.

평생 걱정 없이 사는 법

평생 걱정 없이 사는 법이 있을까?

우연히 『평생 걱정 없이 사는 법』이라는 책의 제목이 마음에 들어 읽어보았다. 페이융 지음, 허유영 옮김으로 부재가-마음이 지치고 심란할 때 읽는 반야심경의 지혜-이다.

그동안 살아오면서 불경을 접해보지 못했고 불교서적을 읽어 본 바가 없어서 많이 심오하고 딱딱해 어려울 것이라 생각하고 긴장하면서 책장을 넘겼다. 그런데 어라(?) 이게 별게 아니고 아주 익숙하게 넘어간다. 거의가 다 아는 내용이고 별반 신기하거나 생소한 내용이 없다.

성경에 나오는 말씀 내용과 그렇게 큰 차이를 발견할 수가 없다. 진리는 결국 하나라는 느낌이다. '태초에 하나님이 천지를 창조하

시니라(창세기 1장 1절).'

이거 하나만 다르고 나머지는 거의 같다는 생각이 든다. 기독교, 불교, 카톨릭의 고수들이 함께 자리를 하면 "결국 내 마음에 그대 마음에 그분이 계시는 것 아니냐고 서로를 존중한다."는 말씀이 생각난다.

이 책의 서문에서 페이융은 다음과 같이 얘기한다. 우리는 고통의 바다 위에서 허우적거리고 있고, 물결이 밀려오듯 수많은 문제들이 연달아 닥친다. 우리는 아직도 힘들고 피곤하다. 그래서 반야심경이 내놓은 답은 이것이다. "해답은 없다."

이는 이스라엘 역사에서 가장 부강한 나라를 만들고 부귀영화를 한 몸에 받아 부인이 칠백 명에 첩이 삼백 명으로 세상에서 누릴 수 있는 것은 모두 누려본 솔로몬 왕이 "헛되고 헛되니 헛되고 헛되도다."라고 한 뒤 "세상만물이 피곤하고 해 아래 새로운 것이 없다"면서 "우주만물을 창조하시고 주관하시는 하나님의 섭리를 인간으로서는 알 수가 없다"고 했던 것과 일맥상통한다고 볼 수 있다.

나는 사우나를 좋아해서 일주일에 한번 씩은 동네 목욕탕에 간다. 온탕에 몸을 푹 담그고 있으면 온 몸의 피로가 스르르 풀리는 느낌이 너무 좋다. 탕에 들어가면 눈을 감고 여기가 내가 지금까지 가본 가장 좋은 온천에 왔다고 생각하고 즐거운 상상의 나래를 펼치면서 내가 진짜 천국에 온 기분을 맛본다. 눈을 뜨면 동네 목욕탕이지만 눈을 감으면 무궁무진한 미지의 세계로 갈 수 있는 것이다.

교회를 30년 넘게 다니고 성경을 세 번 정독을 했는데도 가장 힘든 것 중의 하나가 보이지 않는 것을 믿는다는 것이다. 내가 보고 있는 것도 믿을 수가 없는데 보이지 않는 것을 믿으라니. 성경의 요한복음에도 다음과 같은 내용이 나온다. 예수님의 부활을 믿지 못하는 제자 도마에게 예수님이 이르시되 "네 손가락을 이리 내밀어 내 손을 보고 네 손을 내밀어 내 옆구리에 넣어 보라 그리하여 믿음 없는 자가 되지 말고 믿는 자가 되라(요 21:27)"시며 "너는 나를 본 고로 믿느냐 보지 못하고 믿는 자들은 복되도다."고 사도 요한은 기록하고 있다.

한편 『평생 걱정 없이 사는 법』이 책에서 페이융은 "만약 눈, 코, 귀가 없다면 이 세상이 어떻게 될까?" 라면서 "이 가설은 또 우리를 무한한 체험으로 인도한다."고 설명한다. 그러면서 이른바 '세계'라는 말은 인간이 감지할 수 있는 세계 일 뿐이고 같은 시간, 같은 장소에 또 다른 '존재'가 우리와 동시에 존재하고 있지만 우리는 그들이 있음을 전혀 알지 못한다. 우리는 우리 눈에 보이는 것만 보지만 우리 눈에 보이지 않는 것은 무한하다고 주장한다. 이 또한 예수님이 '보지 못하고 믿는 자들은 복되도다.' 하는 말씀과 괘를 같이 한다고 볼 수 있다.

아울러 페이융은 이 책에서 결론적으로 보이는 곳 너머 광활한 '무'의 세계가 있다면서 아인슈타인의 말을 인용한다. "종교는 신비로운 경험에서 탄생한다. 종교란 눈에 보이지 않는 것의 존재를 인식하고, 가장 심오한 이성과 가장 찬란한 아름다움을 느끼는 것이다." 결국 기독교나 불교, 카톨릭의 '진리는 하나'라는 생각이 다시 한 번 들게 한다.

짝과 종교가 달라 고민하는 사람들이 많다. '다른 종교와 어떻게 관계를 가져야 하는가?'에 대해 강원용 목사님은 "우선 겸손한 태도를 갖고 많이 배워야 한다. 다른 종교인들의 신앙을 배운다고 자신의 신앙이 없어진다면, 그 정도의 신앙은 차라리 없는 게 낫다"고 말씀했다. 참 깊은 내공이 느껴진다. 굳건하게 자기 믿음을 지키면서도 겸손하게 타인이 믿는 종교를 인정할 줄 알아야 예수님을 닮아가는 삶으로서 평생 걱정 없이 평화롭게 사는 지혜가 아닐까?

03

사람과 힐링

선악과, 사람은 천사인가 악마인가?

"저것은 사람도 아니야."

하루가 멀다고 흉악한 범죄자들이 언론을 도배할 때마다 사람들은 탄식한다. 어쩌면 저럴 수가 있을까? 사람의 탈을 쓰고 그 끔찍한 일을 태연하게 자행하는 것을 보고 인간이란 정녕 무엇인가에 대해 깊은 사색을 하게 된다.

천사인가 악마인가? 인간 본성을 두고 성악설과 성선설은 인류 역사가 시작된 이래 계속된 논쟁을 이어왔다. 우리가 익히 알고 있듯이 성선설은 맹자가 주장했다. 사람은 태어나면서 선한 심성을 가지고 태어나는데, 세상이 악하니 교육을 통해서 선한 심성을 계속 유지해가도록 해야 된다는 것이다.

이와 반대로 순자는 성악설을 주장했다. 사람은 처음부터 악한 심성을 가지고 태어나므로 이를 순화시켜야 하는데, 마찬가지로 처방은 교육을 통해서 바로 잡아야 한다고 주장하는 것이다. 둘 다 교육의 중요성을 강조하면서 인간과 사회가 선하고 올바른 방향으로 나아갈 수 있도록 좋은 방안을 제시하고자 한 것이다.

이에 비해 성경 구약에서 모세는 최초의 인간인 아담이 하지 말라고 금지한 하나님의 명령을 어기고 선악과를 따 먹어서 인간이 원죄를 지었다고 주장한다. 그래서 그 이후 태어나는 인간은 모두 원죄를 지어 태어나면서부터 죄인이라는 것이다. 그리고 그 죄는 하나님이 고쳐주어야 하는 것이고 인간 스스로는 결코 극복할 수 없다는 것이다. 아울러 신약에서는 그 원죄를 예수 그리스도가 대속사역을 통하여 사해주셨다는 것이다. 그래서 예수님을 믿고 그 가르침을 실천하면 된다는 것이다.

한편, 불교의 혜민 스님은 마음은 원래 하나였는데 둘로 나뉘어서 오래 지내다 보니 둘이 공존하는 것으로 허공과도 같은 마음에 뜬구름 같은 선한 생각, 악한 생각들이 들어와서 손님처럼 놀다간다는 것이다. 그래서 마음을 다스리려고 하지 말고 마음과 친해지라고 한다.

모두 맞는 말 같은데 어떤 것이 더 설득력이 있으며 인간을 더 올바른 길로 인도하는 방법일까? 여러모로 생각이 많아진다. 영화 [신과 함께]에 "나쁜 사람은 없다. 단지 나쁜 상황이 있을 뿐"이라는 대사가 나온다. 이 말을 명대사로 뽑는 사람들이 많다.

사실 어떤 사람이 원래부터 나쁘거나 좋거나 하는 것은 없다고 보는 것이다. 그 사람과 나와의 인연이 나쁘거나 좋거나 할 뿐이다. 악한 사람도 나를 구해주는 은인으로 만나면 좋은 사람이 되는 것이고, 선한 사람도 길을 가다가 내 어깨를 툭 치고 가면 나쁜 사람이 되는 것이다. 따라서 인간관계는 너무 가깝지도 멀지도 않게 난로처럼 대해야 한다.

살다보면 삶이라는 투수는 우리가 전혀 예상하지 못하는 커브볼을 우리가 보기에는 아무런 이유 없이 그냥 우리를 향해 가끔씩 던진다. 이럴 때 절망하지 말고, 나는 혼자가 아니라는 사실을 잊지 말고, 여름 더위가 지나가듯 '이 또한 지나가리라'라는 생각으로 힘을 내야 한다.

아울러 만나는 인연을 소중하게 여기고 적을 만들지 말아야 한다. 적은 어떤 큰 절대적인 사상이나 이념에 의해서 만들어지기 보다는 사소한 서운함이 여러 번 반복되다 보면 만들어진다. 따라서 옛말 그른 데 없듯이 내가 베푼 것은 모래에 써놓고 잊어버리고 남에게 받은 것은 바위에 새겨놓고 꼭 갚도록 해야 한다.

'서 있는 말에는 채찍질을 하지 않고 달리는 말에만 채찍질을 한다.'는 말이 있다. 윗사람이 혼을 낼 때, 내가 지금 잘하고 또 잘 가고 있으니까 더 잘 되라고 하는 경책으로 생각하고 감사히 받아들이면 내가 더 크게 된다. 종은 자신을 더 아프게 때려야 멀리까지 그 소리가 울려 퍼지는 것이다.

우리가 머리로 그려낸 계획을 현실에 적용하면 생각보다 잘 되지 않는다. 세상은 나의 머리가 예상할 수 있는 생각보다 훨씬 더 촘촘한 그물망 같은 여러 원인과 조건들로 가득 차 있기 때문이다. 종종 짐승 같은 사람들이 날뛰어도 세상이 그나마 이처럼 공의롭게 돌아가는 이유는 악한 사람보다는 선하게 살고자 하는 사람이 좀 더 많기 때문 아닐까?

2.

오직 나만을 위한 한사람,
이런 사람 있나요?

완도의 한 80대 할머니가 한글을 깨우치고 든든한 뒷배가 되어 준 남편이 먼저 세상을 떠나자 그리움에 시를 발표하여 세상에 큰 울림을 주었다.

오직 한 사람

유방암 진단 받은 나한테 남편이 울면서 하는 말, "5년만 더 살어"
그러던 남편이 먼저 하늘나라로 갔다.
손주 결혼식에서 울었다. 아들이 동태 찜 사도 눈물이 났다.
며느리가 메이커 잠바를 사줄 때도 울었다.
오직 한 사람 남편이 없어서.

나이 일흔에 한글을 깨친 황화자씨는 책이 발간된 기쁨을 서문에 이렇게 썼다.

"책이 나오면 제일 먼저 택배로 하늘나라 남편에게 보내주련다"

난 영원이고 싶은 한 사람 그런 사람이 있어
날 아껴주었으면 나만 바라봤으면 하는
날 외롭게 하는 가까이 있어도 보고 싶은
그 외로움만큼 더 그립게 하는 사람 난 너를 사랑해 이렇게 사랑해
천천히 라도 좋으니 내게 맘을 열어
난 여기 있을게 그저 널 바라보면서
언젠가는 내 맘을 받아줘 오직 너의 단 한사람이 되고 싶어

트로트 황제 임영웅의 '오직 나의 단 한사람' 음원영상이 100만 뷰를 훌쩍 넘겼다. 임영웅의 명품 보이스와 가사가 또 빛을 발해 국민들의 감성을 파고든 것이다.

이런 사람 세상에 어디 없나요?

대학입학을 좌우하는 수능전쟁이 매년 치러진다. 우리나라의 수능처럼 온 나라가 떠들썩한 행사가 또 있을까. 전 국민의 출근 시간이 1시간 늦춰지고, 영어 듣기평가 시간엔 비행기조차 뜨지 않는다. 100일 전부터 교회는 수능 특별 새벽기도회를 개최하고, 사찰엔 합격 기원문이 빼곡히 적힌 수백 개의 등이 밤마다 불을 밝힌다.

블룸버그 통신은 '연례 입학시험 셧다운에 대비하는 한국'이라는 제목의 기사에서 "한국은 학문적 성공이 가장 중요한 나라"라며 "전국의 학생들이 가장 중요한 대학 입학시험을 준비함에 따라 수능일은 한국의 많은 지역들이 멈추게 된다."라고 전한 바 있다.

몇 해 전에도 "수능 부담감에…" 재수생, 수능 날 새벽 아파트서 투신이라는 기사가 났다. 수능 후 자살하는 학생은 한 해도 예외 없이 매년 나오고 있다. 뉴스에 나오는 건 매년 한두 명 정도지만 실제 자살 인원수는 훨씬 많다고 한다. 수능 성적이 후에 공개되었을 때 보니 충분한 점수였는데도 불구하고 비관하여 결국 극단적 선택을 한 안타까운 사례도 종종 있었다.

일반 대학교 최상위권 성적이 나왔지만 장래희망이 의사였는데 꿈을 접어야 해서 자살하는 학생도 나온 적이 있었다. 또한 4수를 했는데도 또 떨어져 군대에 갈 수 밖에 없고 사관학교 출신 장교의 꿈을 접어야 해서 자살하는 경우도 있었다. 안타까운 일이다.

실제로 우리나라는 연간 1만 3,000명 이상(하루 평균 35명)이 목숨을 끊고 있다. OECD 국가 중 2003년부터 무려 15년 동안 자살률 1위를 기록했다. 이에 반해 2010년에서 2020년, 10년 사이에 출생자는 47만 명에서 27만 명으로 현저하게 줄어들었다. 수많은 자살자와 출생률 저하로 이대로 10년을 가면 웬만한 중소도시 하나가 허공으로 사라지는 셈이 된다.

한 사람의 성공적인 자살 배경에는 50여 명의 자살 예비생이 진을 치고 있다고 한다. 그 극한적인 상황에서 오직 한사람 나만을 위한 단 한사람만 있어도 극단적인 선택은 일어나지 않을 것이다. "산다는 건 참으로 힘든 일이다. 잔혹하다. 하지만 그렇다고 내 목숨을 버려야 할 만큼 잔혹하진 않다."고 작가 막심 고리키는 말했다. 주변에 그런 사람 한 사람은 반드시 만들어 두어야 한다. 그것은 오로지 자신의 몫이다. 그런 사람 내 곁에 있나요?

3.

시간이라는 약,
'세월이 약' 맞나요?

"행복은 경험하는 것이 아니라 기억하는 것이다."

미국 작곡가 오스카 레번트의 말이다. 행복으로 덧칠된 복고의 기억은 향수를 불러일으킨다. 시대가 바뀌어도 그 기억은 종종 다시 소환되기도 한다. "그때가 참 좋았지"하면서 말이다.

인간은 행복을 '상태'로 인식하지 않고 '기억'에서 찾는 경향이 있다. 당시엔 힘들었지만 지나고 나면 좋은 기억으로 뇌 속에 저장된다. 행복한 순간을 떠올려보라고 하면 과거의 한순간에서 애써 찾는다. 하지만 당시엔 행복한지 어떤지 인지하지 못한 경우가 허다하다.

러시아의 작가 푸쉬킨(A. Pushkin)의 <삶이 그대를 속일지라도

>라는 시는 감성이 풍부한 시기의 사람들에게 상당한 감동과 여운을 남겨 주기도 한다.

『삶이 그대를 속일지라도 / 슬퍼하거나 노하지 말라
슬픔의 날들을 참고 견디면 / 머지않아 기쁨의 날이 오리니
마음은 미래에 사는 것 / 현재는 언제나 슬픈 것
모든 것은 한 순간에 지나간다.
그리고 지나간 것은 훗날 그리움이 되나니….』

이처럼 시간은 관점의 훌륭한 스승으로 작용한다. 현실에 충실하고 주어진 경험을 이해하려고 노력한다면, 시간이라는 약으로 상처를 치유할 수 있다. 우리는 끝없이 실수를 저지른다. 따라서 그 결과로 인해 고통 받을 가능성은 언제나 존재한다. 하지만 인생의 여정을 걸어오는 동안, 우리는 우리에게 충격을 흡수하는 능력이 있다는 사실 또한 배운다.

우리 속담에 "세월이 약이다"라는 말이 있다. 이는 아무리 가슴 아프고 속에 맺혔던 일도 시간이 흐르고 나면 자연히 잊게 된다는 말이다. '세월이 약'이라는 말도 결국 인고(忍苦)의 시간을 보내면서 아픈 추억들을 잊어버리거나, 아니면 적어도 희석시키게 되는 것을 의미하는 것이리라.

정말 그 당시 같으면 하루도 못 버티고 주저앉을 것만 같다. 하지만 억지로라도 시간을 축내면서 세월을 통과 하다 보면 상처의 부

위도 서서히 아물게 된다. 아울러 새로운 상황 변화에 따라 악이 선으로 바뀌어 지는 것을 경험 할 수도 있게 된다. 따라서 옛 어른들의 말 가운데는 '젊은 시절의 고생은 비싼 값을 주고도 사야 된다.'고 하였는지 모른다.

'신은 인간이 견딜 수 있을 만큼만 고통을 준다.'고 한다. 이러면 세월은 약이 될 수 있다. 하지만 그 고통의 강도가 본인이 감내할 수 있는 지경을 넘어서면 사정은 달라진다. 자신이 겪었던 고통을 평생 잊지 못하고 그 아픔을 아무도 공감하거나 이해를 못해준다고 생각한다. 때로는 분노로, 때로는 슬퍼서 울고 몸부림친다. 그것이 바로 전쟁이나 세월호, 이태원 참사 등 불운한 경험에 의한 장애나 이상 심리, 외상 후 스트레스장애(PTSD)다.

우리 주변에는 사실 외상 후 스트레스장애로 고통 받는 사람들이 많다. 이들에게는 세월이 약이 아니다. 이들에게 세월만 가면 낫는다는 막연한 기대는 하지 말아야 한다. 당사자를 평생 불행하게 만들 뿐만 아니라 사회적으로도 절대 경시할 수 없는 문제다. 시간으로 치유될 수 없는 큰 아픔과 슬픔, 분노, 불안과 배신이라는 복잡한 감정은 사회생활 속에서 무의식적으로 투영될 수 있기 때문이다.

그러면 이들을 위한 해결책은 무엇일까? 우선 개개인의 심리치료가 우선이다. 극단적인 장면이나 사건을 눈에서 멀어지게 해야 한다. 안정적이고 편안함을 주도록 모두의 도움이 필요하다. 또 버티기 힘든 엄청난 사건이었던 만큼 계속해서 같이 공감해주고 아파해주어야 한다. 아울러 사회적으로도 반성하고 개혁하고 있다는 것을 보여 줘야 한다. 그래야 이들에게도 세월이 약이 될 수 있는 것이다.

'시간은 세 가지 걸음이 있다.'고 한다. 미래는 주저하면서 다가오고 현재는 화살처럼 달아나고 과거는 영원히 정지해 있다. 상처는 보통 주변 사람과의 관계로부터 비롯된다. 칼에 베인 상처는 일주일이지만 세치 혀에 베인 상처는 가슴 속 깊은 곳에 꽈리를 틀 경우 옹이가 되어 평생 갈 수도 있다. 세월이 약이라고 생각하는 사람들은 그래도 복 받은 사람 아닐까?

4.

'인맥'으로 덕 본 적 있으신가요?

"인맥은 산삼이 아니라 6년 근 인삼이다."

어느 강연장에서 들은 말이다.

인맥은 실제로 얼마나 도움이 될까? 부지런히 명함을 들고 행사장을 쫓아다니는 사람들을 보면서 드는 의문이다. 이들은 6단계만 거치면 모든 사람들을 연결할 수 있다면서 인맥을 만들기 위해 동분서주한다.

인맥(人脈)은 취업, 승진 등 잘하면 일자리나 직장에 대한 도움을 주고받을 수 있는 인간관계를 말한다. 영·미권에서는 "네트워크(network)"라고 불린다. 인맥은 백(back)을 만들기 위함인데 백은 인맥 중 높으신 분들(재벌, 고위공무원 등)에게 도움을 받을 수 있는 경우를 말한다.

어원은 'background'의 'back'이다. 이는 한국전쟁 무렵부터 쓰이던 용어다. 남한은 '백', 북한은 '빽'으로 각각 '속어'나 '낡은 사회'의 단어로 묘사된다. 하지만 표준어를 싣는 사전에도 실려 있다. 한국에서도 '빽'으로 많이 사용되는 경향이 있다.

선진외국이라고 인맥이 중요치 않고 오직 자신의 능력과 실력만으로 이루어진다는 것은 아니다. 이는 선진외국에 대한 대표적인 오해 중 하나다. 특히 미국에서는 직장을 구하거나 학교에 입학할 때 누구에게서 추천장을 받는가에 따라 결과가 완전히 달라지는 경우가 많다.

서유럽 쪽도 지방 하급 공무원에게조차 시험 대신 추천서와 인터뷰를 요구한다. 프랑스에서는 그랑제콜(최고의 인재들만을 만들기 위한, 프랑스 고유의 엘리트 고등교육기관)의 학연과 더불어 서로간의 인맥이 매우 유리하게 작용한다. 이에 비해 오히려 한국, 중국, 일본이 공개채용을 더 많이 하는 편이다.

물론 서양이나 미국이 인맥만으로 아무렇게나 꽂아주거나 추천하는 것은 아니다. 추천인들이 대부분 자신의 명예를 걸기 때문에 추천에 신중하고 객관적인 편이다. 추천한 신입이 개판을 쳐버리면 자신의 명예도 실추되고 잘못하면 추천인의 커리어마저 끝장나기 때문이다.

인간은 사회적 동물이다. 다양한 사람들과 폭넓은 관계망을 형성하고 소통하기를 원한다. 인맥이 넓은 사람은 사회생활에서 유리하다. 문제가 발생했을 때 문제해결을 위해 핵심적인 관계자를 알고 있다면 조금은 쉽고 빠르게 해결할 수 있다. 따라서 그 누군가에 줄을 대기 위해 많은 노력을 기울인다.

"물이 어떤 그릇에 담기느냐에 따라 모양이 변하듯 사람은 어떤 사람과 사귀느냐에 따라 운명이 결정 된다." 루시우스 세네카의 명언이다. 그 사람을 알려면 그 친구를 보라는 말이 있듯이 어떤 사람들과 함께 하는지가 그 사람의 인생을 좌우한다.

이와 더불어 '현자는 눈에 보이는 집보다 보이지 않는 집을 더 귀히 여기고, 인생의 크기는 보이는 것보다 보이지 않는 마음의 크기에 따라 결정된다.'는 점 또한 새겨야 한다. 단지 사람을 많이 아는 것보다 중요한 것은, '나는 어떤 사람인가?'를 생각하는 것이 먼저다. 진정한 인간관계는 없고 거래만 있는 경우 집안에 상을 당해보면 안다. 상가가 썰렁하기 그지없다.

"50이 넘으면 새로운 사람 만나기 위해 기 쓰지 말라"고 한다. 인맥은 사람의 마음을 얻는 것으로부터 시작된다. 사람의 마음은 하루에도 열두 번씩 바뀐다. 그냥 한번 호감이 갔다고 그대로 계속되지 않는다. 꾸준히 시간을 가지고 공을 들여야 공든 탑이 무너지지 않듯이 끈끈한 인맥이 형성되는 것이다. 인맥은 어쩌다 우연히 발견되는 산삼이 아니다. 6년 이상 시간과 정성을 들여 아끼고 키워야 하는 6년 근 인삼인 것이다.

인류학자인 로빈 던바(Robin Dunbar)에 따르면, 사람에게는 최대 150명 정도의 지인이 있다고 한다. 핸드폰에 들어 있는 수 천 명의 사람들을 자랑할 일이 아니다. 그동안 만났던 사람들을 소중하게 여기고 그 사람들과 더 자주 만나고 소통하는 것이 제대로 된 인맥을 갖는 지름길이다. 옛 성현의 말에 "나와 똑 같은 생각을 가진 사람이 1명이면 부족하고 2명이면 넘친다."고 했다. 그만큼 나와 일심동체처럼 되는 것은 어려운 일인 것이다. 나를 전적으로 믿고 무조건 지지해주는 사람이 곁에 있는가? 그는 누구이고 몇 명인가?

5.

전화번호에 남겨야 할 사람은?

전에 강원도 양양에 간 적이 있다. 그 집 주인장이 "요즘 많이 평화로워졌다."고 한다. 이유를 물었다. 쓸데없는 전화번호를 모두 지우거나 차단하고 나니 내 안의 평화가 오더라는 것이다. 자신을 알리지 못해 안달이 난 시대에 새겨봐야 할 대목이다.

하버드대 의과대학 정신과 로버트 월딩어 교수는 무엇이 사람들을 행복하고 건강하게 하는지 알기 위해 75년간 남성 724명의 인생을 추적해 연구해 왔다고 한다. 연구 결과 행복은 부(富)나 성공, 명예, 혹은 열심히 노력하는 데 있지 않았다. 바로 '좋은 인간관계'가 건강하고 행복하게 만든다는 결론에 도달했다고 한다.

좋은 인간관계를 형성하기 위해서는 전제조건이 있다. '사람은 다 고만고만하고 다 이기적'이라는 점을 인식해야 한다. 인간은 본래 이기적이다. 이기적이라는 게 꼭 나쁜 것은 아니다. 내가 이기적인 줄 알아서 상대의 이기적인 면도 인정할 때 인간관계가 원만해진다는 점이다.

그런데 사람은 누구나 인정받기를 원하며 사랑받기를 갈망한다. 그러나 한편으로 생각해보면 '사랑을 받고 싶다'는 것은 '나는 남의 노예가 되고 싶다'는 것과 같다. 오히려 기쁨은 남을 사랑하는 데 있는 것 아닐까? 내가 꽃을 예뻐하면 내가 좋은가 꽃이 좋은가?

아울러 세상에 나를 좋아하지 않는 사람과는 원수가 되지 않는다는 점이다. 감정이 없는 나무와도 원수가 될 수 없고, 풀이나 산과도 원수 된 적이 없다. 그러나 나를 좋아하는 사람과는 원수가 된다. 그것은 그만큼 기대가 크고 자기를 좋아해달라는 요구가 있기 때문이다.

또한 남자와 여자는 다르다는 점을 인정해야 한다. 2000년 6월 미국 저술가인 앨런 피스가 펴낸 『왜 남자는 듣지 않으며 여자는 지도를 읽을 수 없을까』는 1,200만부가 넘게 팔렸다. 이 책에서 피스는 지구상에서 가장 수다스러운 사람은 이탈리아 여자라고 주장했다. 이들은 하루에 6,000~8,000단어까지 재잘거린다.

더불어 추가로 2,000~3,000개의 목소리뿐만 아니라 8,000~1만개의 몸짓과 표정을 사용함으로써 의사소통을 원활하게 하고 있음을 발견했다. 보통 서양여자들에 비해도 20%이상을 사용하는 것으로 밝혀졌다. 아내의 잔소리만큼 남편의 인격이 갖춰지고 여자들의 수다가 소통과 건강에 지대한 영향을 미친다는 것을 입증해낸 것이다.

한편 인간관계는 난로처럼 대해야 한다. 너무 가깝지도 않고 너무 멀지도 않게 해야 한다. 사실 어떤 사람이 처음부터 나쁘거나 좋거나 하는 경우는 거의 없다. 그 사람과 나와의 인연이 나쁘거나 좋거나 할 뿐이다. 악한 사람도 나를 구해주는 은인으로 만나면 좋은 사람이 되고 좋은 인연이 되는 것이다. 마찬가지로 그 반대의 경우도 있다.

더불어 모든 인간관계는 협동, 협조하는 관계여야 한다. 굴복, 복종을 요구하는 관계여서는 안 된다. 부모와 자녀뿐 아니라 국가와 국민도 마찬가지다. 무서워서 꼬리를 내리면 마음 안에 '억울함'이 생긴다. 대한민국 국민 안에는 억울함이 너무 많다. 이것을 풀려면 변해야 한다. 그래야 산다.

인간관계의 출발점은 소통의 첫 단계인 전화번호의 정리에 있다. 새봄을 맞아 전화번호부 혹은 카톡 메신저 친구목록을 정리하려고 한다. 나에게 정말 꼭 필요하고 소중한 사람들을 남기고 그들과 의미 있는 소통을 하고자 함이다. 그래서 이런 유형의 사람들을 지워보려고 한다.

전화번호부에서 지워야 할 사람 첫째, 모든 것이 자기 위주로 돌아가야 하는 사람 둘째, 좀 불리한 건 다 모르쇠로 일관하는 사람 셋째, 앞에서 웃고 뒤에서 칼 꽂으려는 사람 넷째, 나를 지배하려는 사람 다섯째, 술 마시면 심하게 추태를 부리는 사람 여섯째, 물리적 언어적 폭력을 행사하는 사람 일곱째, 주는 것 없이 얄미운 사람 등등.

나 역시 모든 사람에게 좋은 사람일 수는 없다. 이 중에 나도 포함되는 부분이 있는지 곰곰이 생각해보는 시간을 가져본다. 자신의 힘만으로 살아가는 것이 아니라, 서로 의지하고 도와가며 좋은 인간관계를 유지하는 것이 행복의 원천이다. 인격은 다름 아닌 인간관계에서 나오는 선한 가치로 행복은 공동체 의식이지, 나만을 위한 만족이 아니기 때문이다. 나도 누군가의 전화번호부에서 지워지고 있을 것이다. 그것이 두려운가?

6.

상처와 치유,
상처는 세상을 내다보는 마음의 창!

"향나무는 자신을 찍는 도끼날에도 향(香)을 묻힌다."

프랑스 화가 '조르주 루오'가 남긴 판화 작품의 제목이다.

우리는 인생을 살아가면서 수 없이 많은 사람을 만나고 인연을 맺는다. 그 만남이 소중한 인연으로 평생을 가기도 한다. 하지만 때로는 악연으로 둔갑하여 우리에게 마음의 큰 상처를 남기기도 한다. 사람과의 관계 속에서 입은 마음의 상처는 깊고 오래간다.

이런 마음의 상처가 없는 사람이 세상 어디에 있겠는가? 슈퍼컴퓨터의 수 만 배에 달한다고 볼 수 있는 미묘한 사람의 마음을 전혀 다치지 않게 세상을 살아가는 것은 불가능에 가깝다. 주위 사람들이 나로 인해 상처 받지 않도록 세심한 주의가 필요하다. 아울러 자신 또한 상처 받지 않도록 노력하고, 상처를 받았을 때 잘 치유하는 것이 무엇보다 중요하다.

우리는 많은 상처를 받으면서 산다. 사랑받지 못한 상처, 인정받지 못한 상처, 모욕당한 상처, 이별의 상처, 버림받은 상처, 배신의 상처... 상처는 곳곳에서 온갖 모양으로 우리의 삶에 등장한다. 그리고 우리는 그 상처를 내면화 시키고 그를 통해 인간의 심연을 이해하고 운명도 헤아려 본다.

이에 반해 아무런 상처 없이 고이 자란 사람의 시선은 사물의 표면에만 머물기 쉽다. 인간사의 다양하고 미묘한 내적 감정은 상처를 내면화하는 과정에서 형성된 경험세계를 통해 비로소 인지되는 것이다. 그런 점에서 본다면 상처는 세상을 내다보는 중요한 마음의 창이기도 하다. 따라서 상처는 우리의 마음에 깊은 음영을 드리움으로써 거취와 언행을 성숙하게 해주는 계기가 되기도 한다.

하지만 너무나 심각한 상처는 때로 그것을 치유하고 극복하려는 의지 자체를 압살해 버린다. 얼마 전 모임에서 한 달에 한 번씩 만나는 여성분이 예전에 비해 술 한 잔 들어가면 자주 우는 모습을 보였다. 큰 딸이 유명(幽明)을 달리한 지 얼마 안 되어 남편이 사망하고 남편 발인 날 작은 딸이 불의의 사고로 세상을 떠났다. 그 충격으로 예전의 활달하고 예쁜 모습은 우수에 젖은 모습으로 바뀌었다.

때문에 할 수만 있다면 상처는 그것을 극복하려는 의지와 균형을 이룰 필요가 있다. 그러나 상처는 우리가 임의로 통제할 수 있는 대상이 아니다. 상처 그 자체는 대부분 우연적이고 개별적인 불행이기 때문이다. 다만 상처를 극복하는 과정에서 우리는 그 우연성과 개별성을 넘어 필연성과 보편성으로 점철된 한 차원 높은 세계로 진입할 수 있는 것이다.

우리는 가끔 나만 희생당한 것처럼 느끼기 쉽다. "나는 정말 운이 없었어!" 혹은 "왜 나쁜 일은 나한테만 일어나지?" 하지만 나만이 희생자가 아니다. 나를 둘러싼 모든 이들이 매일 매일 상처를 받고 그것을 받아들이면서 살아가고 있는 것이다. 우리가 받아들이기 전까지 상처는 치유되지 않는다. 그래서 고통도 커진다. 우리가 직면하기 전까지는 아무것도 변하지 않는다.

상처를 치유하는 것은 고통스럽다. 다시 돌아봐야하기 때문이다. 과거에 대해 편안해지기 위해서는 과거를 외면하지 않아야 한다. 우리는 치유되지 않은 부분을 돌아보는 것을 두려워한다, 언젠가는 사라질 것처럼 무시해버린다. 하지만 이는 환상일 뿐이다. 상처를 치유하는 것은 아프지만, 그것이 상처를 벗어나 새로 시작할 수 있는 지혜로운 방법이다. 상처를 마주하고 치유하는 고통이 따라야 하고 그것이 우리를 성장시키는 새로운 동력이 되는 것이다.

한편 크리스토프 빌란트는 "모든 영혼의 상처는 얼마나 깊어 보이는지와 상관없이 시간이라는 위대한 위로가 치유해줄 것"이라고 말한다. 아울러 성경은 '삼가 누가 누구에게든지 악으로 악을 갚지 말게 하고 서로 대하는지 모든 사람을 대하든지 항상 선을 따르라 항상 기뻐하라 쉬지 말고 기도하라 범사에 감사하라(데살로니가전서 5:15-20)'고 주문하고 있다.

우리는 누구나 한 번쯤 극복하기 어려운 시간을 보낸 적이 있을 것이다. 아픔을 준 사람은 나와 가까운 사람일 가능성이 매우 높다. 그 사람을 미워하고 증오하며 살아간다. 하지만 그 사람이 보살이거나 보혜사 일 수도 있다. 내 마음의 평화를 위해 자신을 괴롭히고 아픔을 주는 도끼날에 독(毒)을 주는 게 아니라, 오히려 향(香)을 묻혀주는 지혜가 필요하지는 않을까?

7.

복수할 것인가 용서할 것인가?

‘눈에는 눈 이에는 이’ vs ‘네 몸처럼 네 이웃을 사랑하라’

우리는 세상을 살아가면서 수많은 사람들과 관계를 맺는다. 상처를 주기도 하고 상처를 입기도 한다. 대개 타인들에게 준 상처는 기억하지 못해도 남들이 나에게 입힌 상처는 오래 남는다. 상처의 깊이가 클 경우 원한이나, 미움, 증오, 복수심 등과 같은 상흔이 남아 평생을 따라다니며 괴롭히기도 한다.

이때 어찌할 것인가? 복수할 것인가, 용서할 것인가? 쉽지 않은 문제다. 언뜻 보면 복수가 쌈박해 보인다. 그런데 모든 행위에는 작용과 반작용이 함께 작동한다. 진멸하고 완전하게 일어서지 못하도록 작살을 내면 될 것 아닌가 생각하게 된다. 그래서 옛 왕조 시대에는 삼족을 멸하기도 했다. 하마스와 이스라엘 전쟁도 마찬가지다. 그러나 복수는 더 큰 복수를 낳고 끝도 없이 작용과 반작용이 반복된다.

그렇다면 용서는? 흔히 복수가 용서와 반대라고 생각되는 것은 복수가 용서와 상반된 방법이기 때문이다. 마음에서 부정적인 감정을 몰아내는 것이 용서라면, 복수는 부정적인 감정을 극대화시키는 동시에 만족감을 얻는 행위가 될 수 있다.

현실적으로 가해자가 자신과 동등한 고통에 시달리지 않으면 용서보다는 복수를 택하기 마련이다. 왜냐면 억울하기 때문이다. 그래서 용서는 쉽게 이루어지기 어렵다. 물론 피해자가 가해자를 용서한 뒤 그 가해자가 마음을 고치는 경우도 있다. 그러나 설사 용서해도 가해자가 더 큰 범죄를 저지르는 경우도 있으니 쉬운 문제는 아니다.

우리 속담에 '미운 놈 떡 하나 더 준다.'는 말이 있다. 미울수록 매 대신 떡을 준다는 말로, 미운 사람일수록 잘 해 주고 생각하는 체라도 하여 감정을 쌓지 않아야 한다는 뜻이다. 이는 '너'를 스스로 돌아보게 하여 평화의 무드를 만들어 상호간의 분노를 제거해 나가는 것이다.

실제적 행동은 그저 '먼저 다가가는 것'이다. 분노가 끓는 와중에도 먼저 다가가 화해의 제스처를 취하고 갈등 상황 속에서 나의 잘못된 부분을 솔직히 인정하는 것이다. 이 두 가지만 들고 다가간다면 내 분노가 자동으로 조절될 뿐만 아니라 공동체에도 평화가 찾아올 수 있다.

부정적 감정을 품고 있으면 결국 다치고 피해를 입는 쪽은 자신이다. "원한을 품는 것은 다른 사람에게 던지려고 뜨거운 석탄을 손에 쥐고 있는 것과 마찬가지다. 화상을 입는 것은 결국 자기 자신이다"고 부처는 말했다. 아울러 "그대에게 잘못을 저지른 사람이 있거든, 그가 누구이든 그것을 잊어버리고 용서하라. 그때 그대는 용서한다는 행복을 알 것이다."고 톨스토이도 얘기하고 있다.

즉 용서는 잘못을 한 상대방을 위해서가 아니라 바로 나 자신을 위해, 지극히 개인적인 관점에서라도 배우고 실천해야 한다. 왜냐하면 남을 용서하는 과정을 통해 심리적으로 자신이 먼저 치유되기 때문이다. 내 마음에서 용서받아야 할 사람, 용서받아야 할 과오를 놓아줌으로써 나 자신을 자유롭게 해방시킬 수 있는 것이다.

아울러 용서는 잘못을 잊어버리는 망각이 아니며, 타인에게 베푸는 자선도 아니다. 타인의 잘못으로부터 내가 자유로워지고자 하는 정신적 날갯짓이다. 집착에서 벗어나 스스로가 정신적으로 더욱 발전할 수 있는 것. 그것이 선지자들이 말하는 '용서가 주는 구원'이다.

바다가 평온한 이유는 바다에는 이재용이 아닌 이배용이 살고 있어서란다. 아무리 폭풍우가 몰아치고 태풍이 불고 해일이 난리를 치더라도 얼마안가 잠잠해진다. 이해라는 고래와 배려라는 물고기와 용서라는 산호초가 함께 살고 있기 때문이란다.

이러한 용서에도 방법과 조건은 있다고 본다. "그 때에 베드로가 예수께 와서 "주님, 제 형제가 저에게 잘못을 저지르면 몇 번이나 용서해 주어야 합니까? 일곱 번이면 되겠습니까?" 하고 묻자, 예수께서는 이렇게 대답하셨다. "일곱 번뿐 아니라 일곱 번씩 일흔 번이라도 용서하여라."고 성경은 주문하고 있다. 더불어 어리석은 자는 용서하지도 잊지도 않는다. 순진한 자는 용서하고 잊는다. 현명한 자는 용서하나 잊지는 않는다. 여러분은 어떤 스타일인가요?

8.

'눈뜨면 지옥'
이런 경험 해보셨나요?

부산의 해동용궁사를 다녀온 적이 있다. 마음이 몹시 심란하여 갔는데 거기에 '지옥은 집착으로부터 비롯된다.'는 문구가 시선을 사로잡는다.

희망이 절벽인 상태에서 눈 뜨면 지옥이다. 그 지옥에서 벗어나기 위해서는 눈을 감거나, 아니면 집착을 놓아버리라는 것이다. 아직 영원히 눈을 감기는 젊은 나이라 집착을 내려놓는 방법을 생각해보았다.

집착(執着/obsession)은 어떤 대상에 마음이 쏠려 매달리는 것이다. 불교에서는 집착이야말로 제일 어리석고 비참하고 고통을 불러일으키는 것으로 이해한다. 석가모니는 중생들이 집착을 떨쳐

내고 해탈에 이르는 것을 돕기 위해 불교를 창시했다.

성경은 '집착'이라는 단어나 개념을 통해서가 아닌, 진정한 사랑을 실천하는 방법을 이야기하며 집착에 대해 경계하고 있다. 십계명에는 남의 재산과 배우자에 대하여 시기하고 탐내지 말라고 적혀 있다.

시기도 그저 가벼운 부러움 정도는 죄가 아니다. 하지만 그걸 이유로 타인을 증오하고 괴롭히면 죄악이 된다. 이는 나이, 성별, 직업, 사회적 지위에 상관없이 불특정다수에게서 발현된다. 자존감이 낮은 사람일수록 질투심이 더 심해진다고 한다. 그리고 정도를 넘어선 경우 질투가 증오, 즉 집착으로 변하는 경우가 많다.

우리는 살아가면서 늘 운과 불운을 경험한다. 그래서 운칠기삼을 얘기하고 심지어 운칠복삼이라고까지 한다. 그만큼 운이 중요하다는 얘기다. 행운은 감사한 마음으로 받아들이면서 다른 사람들과 나누면 된다. 이에 비해 불운은 온전히 혼자 감당하면서 극복해야 한다. 누군가 곁에서 거들어준다면 감사할 일이다. 특별히 다른 방도가 없다.

불운이 닥치면 사람들은 대부분 자신을 불운으로 빠뜨린 사람이나 일을 증오한다. 하지만 지혜로운 사람은 타인이 아닌 자기 자신에 집중하여 사태를 직시하고 해결하고자 한다. 삶의 의미를 찾는 것은 인생의 품격과 성패를 결정짓는 중대사다.

내 삶의 의미가 무엇인지 분명하게 아는 사람은 아무리 큰 상처와 불운이 닥쳐도 다시 일어나 스스로를 치유한다. 반면 삶의 의미를 찾지 못한 사람은 작은 불운에도 쉽게 쓰러지는 경우를 종종 본다. 우리에게 보이는 세상은 온 우주 전체가 아니다.

오직 우리 마음의 눈을 통해서만 볼 수 있는 한정된 세상이다. 따라서 내 마음이 쉬면 세상도 쉬고, 내 마음이 행복하면 세상도 행복하다. 마음 따로 세상 따로 존재하는 것이 아니다. 세상을 탓하기 전에 내 마음의 렌즈를 먼저 아름답게 닦는 것이 우선이다.

인간이나 사회도 아프고 힘든 시기가 있지만 그걸 잘 극복하면 성장한다. 다만 그 방향이 좋은 쪽으로 사람을 좀 더 이해하고 다른 사람의 삶을 존중하는 쪽으로 가야 한다. 인생은 사람 덕분에 행복하기도 하지만, 사람 때문에 무너지기도 한다. '왜 하필 나에게만 이런 상처를 주느냐'며 타인을 미워하고 탓하고 싶은 심정이 앞선다.

숱한 인간관계 속에 고독과 절망, 배신과 분노 그것은 사랑의 이름으로, 우정의 이름으로, 동료의 이름으로, 상사의 이름으로, 간혹 가족의 이름으로 찾아온다. 틀어지고 엉클어져 도저히 알아볼 수 없을 정도로 혼돈에 빠진 관계들로서 말이다.

집착의 처음을 떠올려 본다. 숱하게 무너져 나를 끝없이 갉아먹은 시간, 사람 덕분에 행복했던 순간과 사람 때문에 무너져 내렸던 기억들이 선명하게 드러난다. 원망하고 분노하고 치를 떨어 봐야 지금에 와서 무슨 소용이랴. 치유되지 않는 상처만 더 커지겠지.

　타인이 지옥의 모습으로 올지라도 그 지옥도 언젠가 잊히리라는 것을 우리는 잘 알고 있다. 그러니 더 이상 무너지지 말자고 다짐하자. 잊힐 이름 때문에 자신을 갉아먹지 말고 타인은 분명 지옥이지만 낙원이 되어 주기도 한다는 걸 새기자. 백척간두 진일보를 위하여 붙잡고 매달리는 것 놓아버리자. 그러면 눈 뜨는 것이 지옥이 아닌 설렘이 될 수도 있지 않을까?

9.

인생의 솔트라인(Salt line)은?

TV프로그램 중 '선 넘는 녀석들'이라는 프로를 종종 본다. 국경의 선, 분단의 선, 시간의 선, 그리고 지식의 선까지 넘나들어 흥미를 유발한다. 대한민국 지식 예능 부흥기를 이끌며 시청자들의 눈을 사로잡는다.

뉴욕에 가면 허드슨 강물(Hudson River)과 바닷물이 맞닿는 곳이 있다. 이처럼 강물과 바닷물이 만나는 지점을 솔트라인(Salt line)이라고 부른다. 산과 들을 돌며 높은 곳에서 낮은 곳으로 자연의 순리대로 유유히 흘러온 강물은 어느 순간 바닷물과 부딪히게 된다. 피할 수 없는 곳에서 민물은 자신과 전혀 다른 짠물을 만나는 것이다.

이러한 솔트라인(Salt line)은 고정적이지 않고 유동적이다. 밀물때가 되면 사정없이 강물을 밀어 올리는 바닷물은 썰물 때가 되면 언제 그랬느냐는 듯이 물러난다. 이렇게 밀고 당기는 동안 연어가 돌아오고 풍천장어의 살이 통통하게 오른다. 그뿐이랴. 겨울초입에 풍성한 먹이를 찾아 갯벌로 몰려든 철새들이 군무(群舞)로 장관을 이루게 된다. 사람과 사람의 만남도 솔트라인이 있을 때 풍성해지는 것 아닐까 생각해본다.

모든 것은 한계가 있다. 그리고 눈에 보이든 안 보이든 경계선이 분명히 존재한다. 우리네 삶에도 그 선을 넘으면 전혀 다른 상황이 발생하는 경우가 있다. 우리는 그 선을 지키기 위해 매일 나에게 주어진 일을 하고, 나와 내 주변의 관계를 지키고, 자신의 존재 이유와 정체성을 위해 부단히 노력한다. 톰 행크스의 말처럼 인생을 경계선 없이 살면 기쁨이 덜 한 것이다.

그런데 지경을 넘는다는 것은 어쩐지 뭉클한 감흥을 준다. 이동에 대한 물리적 확인이자 일탈의 경험이다. 찰리 채플린은 인생은 가까이서 보면 비극이고, 멀리서 보면 희극이라는 명언을 남겼다. 거리를 두고 바라보면 빛나는 인생일지라도 자세히 들여다보면 힘겨운 인내로 가득하다. 이처럼 내적으로 들어가 보면 사람마다 복잡 미묘한 관계의 경계선이 존재한다.

중국 심리상담사 쑤쉬안후이가 쓴 『내 삶을 지키는 바운더리』는 사람들 사이 관계의 경계선에 대한 의미를 알려준다. 저자는 사람들 사이에서 고되고 피로한 삶을 살아가는 모습들, 타인과 나 사이 관계의 경계선과 심리적 경계선이 불분명하고, 그 틀을 제대로 갖추지 못하는 상황들을 장기간 관찰하고 탐구한 후, 인간관계가 인생을 망치기 전에 경계선을 바로 세우라고 주문하고 있다.

'인간관계의 경계선'에서 사용되는 '경계선'은 일종의 범위이자 거리다. '심리적 경계선'이라는 말에서 '경계선'은 개인의 내재적 공간으로, 자주권과 독립권을 유지하고 보장할 수 있는 방어선이자 마지노선이다. 이는 관계의 멀고 가까움, 친밀함과 소원함 그리고 개인의 상태에 근거해 조정되는 것이므로 탄성과 신축성이라는 특성을 지닌다.

만약, 몸과 마음 그리고 감정의 불균형이 일어난다. 인간관계가 혼란과 피로감으로 가득 차 있다. 상처만 많은 부정적 자아를 가지고 있다. 질책과 자책으로 만연한 삶을 살고 있다. 습관적으로 자신과 타인을 강압한다. 자기 회의와 진퇴양난에 빠져 있다. 지나친 책임감에 짓눌리거나 타인에게 의존한다. 호의를 바라거나 마찰을 두려워하고 소통을 회피한다.

이런 현상이 지속된다면, 나는 관계의 경계선이 무너진 사람이다. 이 관계의 경계선을 회복하고 뚜렷이 해야 한다. 그래야 내면의 질서와 안정적인 정체성을 찾고, 내가 원하는 행복한 삶을 누리며 매 순간을 무탈하게 보낼 수 있다.

내가 행복하기 위해서라도 관계의 경계선을 확실히 해야 한다.

하지만 더욱 중요한 것은 진정한 내가 되기 위함이다. 이 세상에 내가 존재한다는 것은 바로 내가 유일무이한 개체라는 것이다. 그런데 내 마음속에 다른 사람의 생각, 관점, 가치관 그리고 평가만 가득 채워져 있다면 진정한 나라고 할 수 있겠는가?

자신을 지탱해 준 믿음이 산산이 부서지고 흩어지는 상황에서도 여전히 사람들은 여태 해 왔던 노력을 멈추지 않는다. 그러다 깨지고 다시 일어나 사람과 인생의 경계선을 회복시키고 또 다시 넘나든다. 공양미를 바치듯 애쓴 개인의 땀방울과 그것으로 이루어진 평온하게 빛나는 거룩한 미소는 비극과 희극이 공존하는 우리 인생의 참모습이 아닐까?

04
마음과 영적 힐링

1.

나의 마음은 어디에 있을까?

'행복의 완성은 내 것을 채우는 삶이 아닌 다른 사람의 마음을 채우는 일이다.' 김이율의 책 『가슴이 시키는 일』에 나온다.

세상만사 모든 것은 마음먹기에 달렸다고 하는데 그 '마음'은 무엇이며 도대체 어디에 있는 것일까? 머리인가? 가슴 어디인가? 심장인가?

우리에게 보이는 세상은 온 우주 전체가 아니다. 오직 우리 마음의 눈을 통해서만 볼 수 있는 한정된 세상이다. 내 마음이 쉬면 세상도 쉬고, 내 마음이 행복하면 세상도 행복하다. 마음 따로 세상 따로 존재하는 것이 아니다. 세상을 탓하기 전에 내 마음의 렌즈를 먼저 아름답게 닦는 것이 우선이다.

마음에 대한 사전적 정의를 살펴보면, 마음은 감정이나 생각, 기억 따위가 깃들이거나 생겨나는 곳이다. 다른 사람이나 사물에 대한 생각, 기억 그리고 상상력의 복합체로 드러나는 지능과 의식의 단면을 가리킨다. 이것은 모든 뇌의 인지 과정을 포함한다. 가끔 이유를 생각하는 과정을 일컫기도 한다. 대체로 어떤 실체의 생각과 의식의 능력으로 정의된다.

마음은 한 번에 두 가지 생각을 하지 못한다. 그래서 '한 생각'이 전 우주를 막아버릴 수도 있다. 좋은 일이든 나쁜 일이든 처음 일어난 한 생각에서 비롯된다. 그 첫 생각을 잘 단속하면 큰 재앙을 막을 수 있다.

마음의 병은 뇌 그리고 뇌의 활동인 정신세계의 병이다. 마음이 우리 몸의 어디에 있는가? 하는 문제로 논란이 있었던 로마시대의 의사 갤런(Galen 130~200 A.D.)은 플라톤(Platon)이 주장한 가슴이라는 설을 뒤엎고 그야말로 해부학적으로 뇌라고 주장한 사람이다.

의사들이 방사선 사진(X-Ray)을 촬영하고, 인간을 해부해 보아도 마음은 발견할 수 없다. 심장은 마음을 상징하는 장기일 뿐, 마음 자체는 아니다. 심장 속에 생각하는 기능은 없다. 긴장, 불안, 공포 등을 느끼면 호흡이 가빠지고 혈류량이 많아져 혈압이 상승한다. 이는 뇌가 지각하여 심박 항진이 감지된 결과다. 따라서 마음은 의학적으로 심장이 아니라, 뇌일 것이다.

마음 편한 것이 세상 제일이다. 그런데 우리는 오만가지 생각에 시달리면서 맘 편할 날이 없다. 전에 없었던 것이 지금 생겨났다 해도 시간이 지나면 그것들은 전부 다시 사라진다. 말씀을 듣고 깊은 영혼의 울림이 오더라도 성인이 내 앞에 나타난다 하더라도 이 모든 것은 사실 다 마음의 장난이다. 없는 듯이 본래 있는 것, 그것이 바로 우리의 본성이고 진리다.

마음은 다스리려 하지 말고 그저 그 마음과 친해져서 그 마음을 조용히 지켜보아야 한다. 마음을 다쳤을 때 보복심을 일으키면 내 고통만 보인다. 그 대신 스스로를 진정시키고 내면의 자비 빛을 일 깨워 상대를 이해하려 노력하면 나에게 고통을 준 상대도 고통 받고 있다는 사실을 볼 수 있게 된다. 물에 비치면 얼굴이 서로 같은 것 같이 사람의 마음도 서로 비치느니라(잠 27:19)

현재 벌어지고 있는 내 마음의 상황을 직시하는 연습을 하다보면, 어느 순간 깨닫게 된다. 마음 안에서 일어나는 감정들은 고정된 실체가 없다는 것을, 마음이라는 허공과 같은 공간에 나의 의도와는 상관없이 잠시 일어났다 나의 의도와는 또 상관없이 사라지는 구름과 같다는 것을, 이 깨달음이 있고 나면 화, 짜증, 불안, 미움의 감정이 일어나도 크게 시달리지 않게 된다. "그래 놀다 가거라."가 답이라고 혜민 스님은 주장한다.

어찌 보면 사람의 마음이 참으로 간사하고 섬세한 것이다. 그 미세한 감정의 변화, 슈퍼컴퓨터의 아마 수만 배(?)는 될 것 같은 그 미묘한 마음에서 일어나는 감정의 변화를 얼마나 잘 잠재우고 편안하게 해주는가, 그냥 가만히 내버려 둘 수 있도록 하는가가 관건일 것이다. 그 마음 상태에 따라서 세상 우주 만물이 모두 달라져 버린다.

우리는 가끔 기적을 원한다. '마음이 맞으면 삶은 도토리 한 알 가지고도 시장기가 멈춘다.'는 속담처럼 내 것에 대한 집착을 내려 놓고 이웃과 함께하겠다는 마음의 문을 여는 것, 그것이 내 마음의 평화와 진정한 기적이 아닐까?

2.

두려움에 떨어본 적 있나요?

두려움을 용기로 바꿀 수만 있다면 승리할 것이다. <명량>

두려움과 희망의 그 오묘한 한 끗 차이가 세상을 바꾸고 기적을 만든다.

영화 <명량>에서 이순신 장군은 12척의 배로 백척간두의 전투에서 기적처럼 승리했다. 질까 봐 죽을까 봐 벌벌 떠는 장병들에게 생즉사 사즉생(生卽死 死卽生)으로 호령했다. 기적 같은 승리는 이순신 장군의 말대로 '두려움을 용기로 바꿀 수만 있다면…' 이 이루어졌기 때문이다.

우리는 살아가면서 예기치 않은 어려움으로 곤경에 처하게 되고 공포와 두려움에 떨며 밤잠을 설치는 경험을 하게 된다. 내가 두려워하는 것은 무엇인가? 무엇을 잃을까 봐 떨고 있는가? 냉정히 상황을 직시하고 지혜롭게 대처해야 한다.

머리가 복잡하고 심난하여 조용한 곳으로 여행을 떠난 적이 있다. 어느 날 창문을 열고 밖을 내다보니 시원한 바람이 얼굴을 기분 좋게 어루만진다. 아침 일찍 일어나는 새들이 부지런히 자신의 존재감을 드러내고 있다. 가까이는 참새들이 짹짹 거리고 멀리로는 까치와 비둘기, 닭의 울음소리와 이름 모를 새들의 함성 소리가 어우러져 아름다운 화음을 만들어 낸다.

저 소리도 매일 같이 반복되었을 것이다. 하지만 나의 마음 상태가 심란하고 고통 받고 있을 때는 들리지 않았다. 분노와 저주 서글픔과 회한, 자책과 자학으로 폭풍처럼 휘몰아치던 고통속의 마음 상태가 지나고 나니, 다 부질 없어 보이고 모두 용서하는 심정이랄까 화해하고 싶은 마음으로 오히려 평온해진다. 모든 것을 다 내려놓는다는 그런 심정이었다.

그러고 나니 세상이 새롭게 보이고 용기가 나기 시작했다. 이처럼 희망을 품어야 할 시간이란 절망이 목구멍을 움켜쥐고 있을 때다. 나아가 강하다는 것은 아무리 지쳐 있더라도 한 걸음 더 내딛는 것을 의미 한다. 삶이 여정 한복판에 역경을 갖다놓았다면, 우리는 그것으로부터 강인함을 배울 기회를 얻게 되어 있다. 그것이야말로 눈에 보이지 않는 선물이다.

모든 것은 마음의 장난이라고 한다. 두려움이란 감정은 과거에 겪은 경험이나 선천적으로 느끼는 불안감이 극대화되면서 뇌에서 전달되는 신호가 신체를 지배한다. 나아가 두려움을 느낄 상황이 아닌데도 불구하고 극도로 불안감이 치솟으면서 심장 박동이 빨라지고 심지어 발작까지 일으킨다. 이럴 때 어떻게 마음의 고통을 치유하고 극복할 것인가?

이 세상에 극복하지 못할 고통은 단 하나도 없다고 한다. 고통을 극복하는 여러 방법 중 하나가 바로 '상상'이다. 이 상상은 단지 망상이나 잡념이 아니다. 더 나은 미래를 갈망하는 간절함이다. 삶은 그저 삶일 뿐이고 원래 생긴 그대로다. 희망을 믿는다면 삶이 가져다 준 그 고통은 강도가 점점 약해지고 쥐도 새도 모르는 사이에 사라지고 말 것이다.

이처럼 두려움을 극복하는 길은 희망을 품는 것이다. 우리 주변은 두려움과 같은 마귀들이 많다. 낙심과 절망과 공포. 이들은 시시때때로 나타나 우리를 못살게 만든다. 심지어 극단의 선택으로 몰아가기도 한다. 그 두려움의 마귀를 이겨내는 것은 피하지 않는 것이다. 뒷걸음을 치더라도 등을 보이지 않는 것이다.

희망이 얼마나 중요한지를 두 마리의 쥐를 가지고 실험을 했다고 한다. 두 마리의 쥐를 깜깜한 두 상자에 각각 가두고 얼마나 생존하는지를 살펴보았다. 조건은 모두 같은데 다만 하나의 상자에는 실낱같은 바늘구멍을 뚫어서 빛이 들어가게 했다.

실험결과 놀라운 사실이 발견되었다. 두 마리의 쥐가 생존하는 기간을 살펴보았다. 놀랍게도 바늘구멍으로 빛이 들어가게 한 상자의 쥐는 다른 상자의 쥐에 비해 무려 두 배나 더 생존했다. 그만큼 희망의 빛이란 두려움을 극복하는 가장 강력한 무기라는 것이 입증된 셈이다.

불확실하고 불투명한 미래를 살아가는 우리의 삶은 늘 불안과 두려움의 연속이다. 내가 있든 말든 세상은 그냥 계속된다는 것만 빼면 인생에서 확실한 건 아무 것도 없다. 삶은 사는 게 아니라 살아내야 하는 것이다. 아무리 힘들고 고통스러워도 그래도 계속 가야 하는 것, 그게 우리네 삶이다. 두려움에 직면해 통제 불능의 상태에 빠져 포기할 것인가? 아니면 두려움과 친해져 희망을 품고 용기를 내볼 것인가?

3.

> 기적을 경험하신 적 있으신가요?

'추운 겨울 사람이 지쳐 쓰러져 있을 때 모른 척하고 그냥 지나가면?'

우리에게 흔히 닥칠 수 있는 문제다. 더욱이 요즘같이 흉포한 시대에는 그냥 관여하지 않고 지나가는 것이 현명한 대처방법일 수 있다. 오지랖 떨다가 낭패를 보기 십상이기 때문이다.

대부분의 한국 사람들은 세계적 석학 마이클 샌델의 저서 『정의란 무엇인가』를 읽어보거나 들어봤을 것이다. 사회정의에 대한 갈망, 자유로운 질문과 대답 속에서 이루어지는 강의, 누구나 곰곰이 생각해볼 만한 흥미로운 예시 등으로 우리나라에서 200만 부가 팔리는 초대형 베스트셀러가 되었다. 그만큼 우리는 정의란 무엇인가에 관심이 많다.

정의 개념에 영향을 크게 끼친 인물이 아리스토텔레스다. 그는 정의의 본질이 평등이라고 봤다. 정의를 '평균적·일반적·배분적 정의'로 구분하고, '배분적 정의'는 각자가 개인의 능력이나 사회에 기여한 정도에 따라 다른 대우를 받아야 한다고 주장했다. 나아가 공정성을 구현하면 평화로운 공동체를 낳을 수 있다고 믿었다.

이에 비해 우리나라에서의 정의는 '어느 쪽이 더 옳으냐?' 하는 저울질 차원의 정의가 아니었다. 우리의 정의는 늘 정의의 편에 설 것이냐 불의의 편에 설 것이냐, 양심이냐 비양심이냐 하는 가파른 선택의 기로에 선 정의였다. 따라서 우리나라 이 땅에서의 정의는 항상 피 냄새가 짙게 배어 있었다고 볼 수 있다.

정의(Justice)란 옳고 그름을 얘기한다. 선과 악으로 즉자적 판단과 심판이 따른다. 여기에는 공평과 자비와 사랑과 긍휼이라는 요소가 들어가 있지 않다. 따라서 정의의 심판과 공의의 심판은 다를 수밖에 없다.

정의와 달리 공의의 심판의 시계는 느리지만 정확하게 돌고 어김이 없다. 심판이 바로 내려지지 않고 장구한 시간과 세월이 걸릴 수도 있다.

그 사건 하나에서 끝나지 않고 끊임없이 물고 물리는 수백 수천 수억의 알고리즘이 작동하면서 한 사람의 생각과 도량으로는 도저히 측량할 수 없는 신묘막측(神妙莫測, 감히 헤아릴 수 없을 정도로 신기하고 오묘하다)한 때와 방법으로 심판이 내려진다고 볼 수 있다.

우리는 그것을 기적이라고 한다. 그런데 기적은 그것을 믿는 사람들에게만 일어난다. 그렇지 않으면 그것은 단지 우연의 일치일 뿐이다. 세상은 내 마음대로 뜻대로 되는 것이 아니다. 그렇다고 그냥 넋 놓고 있으면 그 어느 것 하나라도 저절로 이루어지는 것은 없다.

신의 도움 없이 우리는 아무 것도 이룰 수 없다. 하지만 신은 우리의 행위 없이는 아무 일도 안하신다. 즉 하늘은 스스로 돕는 자를 돕는다. 민심이 천심인 것이다.

"신은 어떤 사람에게도 결코 자신이 삶을 받아들일 것인지, 받아들이지 않을 것인지, 묻지 않는다. 그것은 결코 인간의 능력으로 선택할 수 있는 문제가 아니기 때문이다. 사람은 당연히 살아야만 한다. 당신이 선택할 수 있는 유일한 것, 그것은 '어떻게' 살아가야 하는가이다." 노예 폐지 운동가인 헨리 워드 비치의 명언이다.

한편 아모스, 이사야, 예레미야 같은 예언서들은 '정의와 공의'(justice and righteousness)를 짝으로 묶어 사용함으로써, 공평한 배분만이 아니라, 사회적 약자에 대한 배려라는 '회복적 정의'를 '공의' 개념으로 포함시킨 것이다. 그래서 '사랑 없는 정의의 무자비함'과 '정의 없는 사랑의 무력함'을 극복하고자 했다.

인간은 악마도 될 수 있고 신도 될 수 있다. 그것은 우리의 선택이다. 따라서 추운 겨울에 사람이 지쳐 쓰러져 있을 때 모른 척하고 그냥 지나가도 그 사람은 정의적 관점에서는 죄가 되지 않고 벌을 받지 않는다. 그러나 공의적 관점에서는 죄가 되고 벌이 따르게 된다.

우리는 살아가면서 매 순간 선택의 기로에 선다. 올바른 가치판단의 기준을 세우고 올바른 선택을 하는 것이 무엇보다 중요하고, 매 순간 순간의 선택이 우리 인생의 품격과 성패를 좌우한다. 추운 겨울 지쳐 쓰러져 있는 사람을 보고 그냥 지나칠 것인가, 흔들어 깨울 것인가, 아니면 어떻게 할 것인가? 지성이면 감천일 것이다.

4.

나는 왜 신앙생활을 하는가?

"여러분은 신앙생활을 하는 이유가 무엇인가요?"

내가 다니는 교회의 담임 목사님이 가끔씩 던지는 화두다.

나는 특별한 일이 있지 않는 한 일요일이면 습관적으로 교회로 향한다. 30년이 넘었으니 참으로 오래도 다녔다. 무엇이 나를 교회로 인도하는 것일까? 간헐적 쉼은 있었지만 중학교 졸업 후 계속 다녔으니 근 40년을 다닌 셈이다. 처음에는 옆에서 친구가 가자고 해서, 다음은 말씀이 좋고 사람들이 좋아서, 그리고 내 마음이 평안해져서. 지금은?

옛날에 영국군이 인도를 침략해 들어갈 때 제일 방해가 되었던 것이 모기와 사자였다고 한다. 그 중에서도 사자가 가장 큰 골칫덩

172   인생 별거 없어, 힐링하며 사는 거야!

어리였는데, 사자를 퇴치하면서 영국군은 먼저 사냥개를 풀고 그 다음 인디언 그리고 마지막에 영국군이 총으로 사살하는 방법으로 진행했단다.

그런데 사자는 백수의 왕이라 사냥개가 사자의 포효하는 소리를 들으면 오금이 저려서 오도가도 못 하는데, 영국군이 명령을 내리면 개들이 사자한테 덤벼들었다는 것이다. 왜냐하면 영국군 매스터가 뒤에서 든든한 빽이 되어 지키고 있으니, 그걸 믿고 백수의 왕 사자한테 개들이 덤벼들 수 있었다는 것이다.

한편 내가 어린 시절 시골에 살 때는 동네에 할아버지 당산나무와 할머니 당산나무가 있고 성황당이 있었다. 마을 어른들은 거기에서 매년 대보름 등 기념일과 특별한 날에는 지성을 들여 제사하고 안녕을 빌고는 했었다. 나의 신앙생활 또한 이러한 믿음들이 아니었나 싶기도 하다.

흔들리지 않는 편안함을 느끼려면 중심을 딱 잡고 온전한 믿음을 가져야 된다고 한다. 그러나 나의 경우 거의 '불가지론'에 입각하여 어떤 때는 신이 있는 것 같기도 하고 어떤 때는 신이 없는 것 같기도 하다면서 믿음 생활을 했던 것 같다. 성령의 불길이 내 몸에 확 들어온다는데 나는 아직 그러한 영적 성령체험을 하지 못했다. 그러니 계속 흔들릴 수밖에...

1980년대 학생운동을 시작할 때도 그랬던 것 같다. 대학에 들어가 학회와 써클 활동을 하면서 사회의 부조리와 진실을 알게 되었고, 학생들의 시위를 접하게 되면서 학생운동에 뛰어 들어야 하나 어쩌나 한동안 많은 방황을 했었다. 학생운동에 뛰어들게 되면 공부는 뒷전으로 밀려나게 되고 결국 감옥 가고 제적도 감수해야 하는 상황이 예견되었다.

어렵게 들어온 대학에서 쫓겨나게 될 것이 뻔한 데 어떻게 해야 하나 두려움이 앞섰다. 하지만 결국 광주민주항쟁의 실상과 선량한 광주 시민이 어떻게 총칼과 군홧발로 무자비하게 짓밟혔는지를 알게 되면서 이것은 아니다 싶어 학생운동에 본격적으로 뛰어들었다.

그런데 아예 작정하고 뛰어들고 나니 마음은 오히려 편안해졌다. 그때도 극렬 학생운동 반대세력들이 있었다. 숫자는 많지 않았지만 내가 총학생회장을 할 때 오토바이 체인을 들고 다니면서 결투신청을 한 친구도 있었으니. 그 친구를 만나 대화해보니 그 학생도 나름 별로 고민이 없어 보이는 친구였다. 극과 극은 통한다고.

제일 고민을 많이 하는 친구들은 도서관에서 공부하다 교내 시위가 벌어지면 어떻게 되나 먼발치에서 구경하는 친구들이다. 어느 곳에도 푹 담그지 못하고 중간에서 눈치를 보면서 방황하고 고민하는 친구들이다. 그래서 정체성에 많은 혼란을 겪고 있었을 것이다. 하기야 또 모를 일이다. 그런 친구들의 정신상태가 더 건강한 것인지도.

로마시대 A.D.156년의 일이다. 당시, 사도 요한의 제자 이그나티우스의 제자인 폴리갑은 86세에 로마 황제를 '주'로 인정하지 않는다는 이유로 붙잡혀 재판을 받았다. 재판관이 그리스도를 저주하라고 다그치자, 그는 "나는 주님을 86년 동안 섬겨왔소. 그분은 내게 한 번도 나쁜 일을 행하시지 않으셨소. 그런데 어떻게 그를 저주하겠소?" 라면서 화형에 처해졌다. 신앙의 정절을 고귀하게 지킨 것이다.

절박하면 기도가 터진다. 나의 힘만으로 도저히 안 되는 순간이 닥쳐온다. 그 때 주님을 찾게 된다. 지금은 주님을 믿는다고 죽는 일은 거의 없다. 그렇다면 '나쁜 일을 행하시지 않는 예수님'을 믿고 따른다고 손해 볼 일은 없는 것 아닌가? 너무 실용적인가?

'최후의 심판'에 어떤 모습으로 설 것인가?

예배당의 십자가에 못 박혀 있는 예수님 상을 보고 마음속에 떠오르는 단상이다.

'최후의 심판'그림으로 우리에게 잘 알려진 화가 미켈란젤로는 시스티나 성당에 이 유명한 그림을 그렸다. 이 벽화에는 지옥으로 들어가는 저주받은 영혼들과 천국으로 올라가는 구원받은 영혼들 그리고 위엄과 권세를 가진 그리스도의 모습이 그려져 있다.

이 그림을 본 로마 교황 파울루스 3세는 이렇게 외쳤다. "주여, 최후의 심판을 베푸실 때 부디 저의 죄를 묻지 마옵소서." 당시 최고 권위의 상징 로마 교황마저 최후의 심판 날을 두려워한 모습이 역력하게 엿보인다.

40년 가까이 일요일이면 교회를 습관처럼 나간다. 교회에 나가 기도를 할라치면 요즘 메너리즘에 빠져서 그런지 기도가 잘 안 된다. 기도는 절박한 상황이 닥치면 저절로 나온다고 한다. 그러나 내우외환으로 시련과 고통이 연속되니 '주님은 언제까지 나에게 감내하기 힘든 고통과 시련을 주시려고 이러시나!' 시비를 걸고 싶은 마음마저 든다.

기도는 우리의 절박한 필요에 대한 하나님의 생각을 구하는 것이며, 우리가 어떻게 기도해야 하는지 하나님께서 보여 주시도록 간구하는 것이다. 따라서 우리의 기도는 하나님의 마음을 바꾸거나 강요하는 것이 아니라, 오히려 하나님에 의해 시작되고 지속되어 하나님의 마음을 공감하게 하는 수단인 것이다.

이렇게 이성적으로는 생각이 정리되는데 마음이 잘 정돈되지 않는다. 예배시간보다 조금 일찍 가서 성경을 읽어본다. 찬양시간에도 성경을 읽는다. 성경을 읽으면 읽을수록 공부하고 연구할수록 마음이 정리가 안 되고 더 복잡해진다.

의문투성이고 말이 잘 안 된다. 너무 억지로 막 꿰어다 맞춘 느낌도 든다. 내가 너무 불경스러운 마음인가? 그렇다고 아닌 것을 기다고 할 수는 없는 일 아닌가? 위선적인 것, 가식적인 것, 외식하는 것은 훨씬 더 나쁜 것 아닌가?

'본디오 빌라도에게 고난을 받으사 십자가에 못박혀죽으시고' 맨날 눈을 감고 기도하는 사도신경에서 '본디오 빌라도에게 고난을 받으사'가 맞는 말인가? 빌라도는 죄를 찾지 못하겠다고 세 번

씩이나 예수님이 죄 없음을 얘기한다.

그것을 끝까지 죄가 있다고 죽여야 한다고 십자가에 못 박아야 한다고 주장하는 자들은 다름 아닌 유대인 제사장과 장로, 서기관들이다. 이들은 군중을 선동하여 끝내 십자가형을 밀어붙인다.

이에 빌라도는 폭동이 일어날까봐 할 수없이 이에 응한다. 그러면서도 예수님이 못 박힌 십자가 위에 '유대인의 왕 예수'라고 푯말을 붙인다. 이것을 본 제사장과 장로 및 서기관들은 '자칭' 유대인의 왕 이라고 적으라고 한다. 하지만 빌라도는 듣지 않고 내 뜻대로 적었다고 한다.

예수님이 십자가에 못 박혀 죽으시고, 사도들이 이를 증언하고 증거 할 때도 로마 총독이나 황제는 바울이 죄가 없다고 한다. 그러나 정작 유대인 대제사장 등이 나서서 처단하라고 고발하고 촉구한다. 저들은 이단이라면서...

결국 인간적인 세상논리로 본다면 이는 유대인 내부의 종교적인 주도권 다툼으로 보인다. 당시 기득권을 누리던 제사장이나 장로들이 본인들의 설 땅이 없어지는 것을 두려워하여 시기하고 질투했던 것 아닌가? 그로인해 예수님이 희생당하셨다고 하면 너무 불경스러운 생각인가?

예수님이 숨을 거두시면서 "주여 왜 나를 버리시나이까?"라고 항변하셨는데, 이를 통해서 인류의 대속사역이 완성되었다고 한다. 그런데 이를 그냥 그렇게 받아들이는 것이 자연스러운 것인가? 참 가면 갈수록 미궁에 빠져드는 느낌이다.

너무 불경스러운 생각은 아닌지 흠칫 놀란다. 의인은 오로지 믿음으로 산다는데 최후의 심판 날에 나는 어떤 모습으로 서 있을 것인가? 여러분의 생각은 어떠신지요?

6.

십자가, 우상인가 상징인가?

"와 골이다!"

운동선수들이 골을 넣거나 우승을 따냈을 때 목에 걸린 십자가에 입을 맞추는 광경을 자주 목격하게 된다. 또한 등산하다 사찰에 들르는 경우 불상 앞에서 두 손 모아 기도하는 광경, 천주교의 묵주기도와 불자들의 염주를 헤아리면서 기도하는 모습도 자주 본다.

이처럼 교회의 십자가와 불교의 불상, 천주교의 마리아 형상 앞에서 두 손 모아 기도를 하면 이는 그냥 상징일까, 아니면 우상숭배일까? 명절에 가족들과 산소에 성묘를 가면 기독교인과 비 기독교인이 마찰을 빚는 경우가 종종 있다. 우상숭배라고 아예 조상의 묘에 절을 잘 안하려고 드는 경우가 더러 있기 때문이다.

전에 외국인이 우리나라를 방문하고 가는 길에 교회의 십자가를 보고 놀랐다는 기사를 본 적이 있다. 그 외국인은 서울 시내에서 저녁 먹고 공항 가는 길에 차창 밖으로 줄지어 보이는 네온사인이 켜진 무수히 많은 교회의 빨간 십자가를 본 것이다.

십자가는 가장 오래되고 널리 사용되는 기독교 상징 중 하나다. 구체적으로 그리스도의 죽음을 대표하고 기념한다. 그런데 왜 하필 교회의 상징은 어찌 보면 공포심을 느끼게 하는 고난 받는 십자가의 모습일까? 부활과 멋진 재림의 모습일 수도 있을 텐데 말이다.

십자가는 영성과 치유를 상징한다. 십자가의 네 점은 자아, 본성, 지혜, 더 높은 힘 또는 존재를 나타낸다. 개신교 십자가에는 예수가 없지만 천주교 십자가에는 예수가 고난 받는 모습으로 걸려있다. 십자가는 아주 먼 고대 전 인류에게 나타난 상징이었다. 멀리 갈 것도 없이 우리나라에도 옛적부터 십자가가 있었다. 그 상징은 하늘의 '신'을 나타내는 표식이었다.

상징(symbol)은 사람들의 인식 속에 들어와 공명을 일으킨다. 수용자에 의해 조정되어 원래 있던 의미가 더 커지고 확대된다. 아마 인류 역사상 암시와 상징의 대가는 단연 구약의 모세가 아닐까 싶다. 출애굽하여 가나안까지 한 달이면 갈 길을 젖과 꿀이 흐르는 가나안 땅을 내세워 무려 40년에 걸쳐서 이스라엘 백성을 광야로 이끌었으니 말이다.

십자가는 예수가 십자가에 못 박힌 어느 언덕의 풍경과 그 주변을 둘러싼 사람들의 눈물까지 연상하게 한다. 종교가 없는 사람에게조차도 십자가의 상징은 그만큼 강력하게 작용한다. 상징이 가지고 있는 힘이다. 십자가뿐만 아니라 베츠의 트라이앵글, 나이키, K2 등 상징의 힘은 강력하고 한 도시를 먹여 살리는 힘으로도 작용한다.

심란한 마음을 달래고자 한적한 시골에서 얼마 동안 지낸 적이 있다. 하루는 아침에 일어나보니 창밖으로 멀리 보이는 십자가가 선명하다. 그동안 뿌연 안개 속에서 희미하던 십자가가 그날은 햇빛을 받아 환하게 다가왔다. 헤르몬산에서 예수님의 두루마기가 세상에서 가장 하얀 빛으로 변모되었던 것처럼 하얀 십자가가 반짝반짝 빛이 났다. 그 하얀 십자가에 처참하게 달리신 예수님의 형상도 그려졌다. 두 손 모아 기도했다.

예수님! 얼마나 고통이 심하셨습니까? 100kg에 달하는 십자가를 지고 골고다의 언덕을 오를 때 얼마나 힘드셨습니까? 그것도 채찍에 동물 뼈와 쇠붙이가 붙어 있어 살점이 떨어져 나가는 채찍형까지 당하고 피 흘리며 십자가를 지고 고통 속에 오를 때 심정이 어떠하셨습니까?

로마의 압제와 거기에 빌붙어서 이스라엘 백성들의 고혈을 짜내는 당시 제사장, 바리새파와 사두개의 장로들과 서기관에 맞서 싸우다가 돌아가신 예수님! 이중고에 시달리는 갈릴리 백성들의 해방과 새로운 질서, 새로운 세상인 천국운동을 펼치시다 희생되신 예수님! 네 이웃을 네 목숨처럼 사랑하라는 계명을 외치시며 서로 사랑하는 하나님의 나라를 위해 기꺼이 목숨을 내놓으신 예수님!

그 희생정신과 몸소 실천하는 살신성인이 있었기에 2천년이 넘어서도 예수 그리스도를 수많은 사람이 존경하며 따르고 있다. 십자가를 바라보면서 그저 없는 복을 달라고 무작정 비는 것이 아니라, 예수 그리스도의 처절하고 고귀한 삶과 죽음을 닮아가고자 하는 마음을 갖는다면 이는 십자가가 단지 우상숭배가 아닌 내 마음의 강력한 선한 상징이 아닐까?

7.

범사에 감사하라!

"삼가 누가 누구에게든지 악으로 악을 갚지 말게 하고 서로 대하는지 모든 사람을 대하든지 항상 선을 따르라 항상 기뻐하라 쉬지 말고 기도하라 범사에 감사하라"(살전 5:15-17)

참 중요한 말이고 새겨야 할 원리로 내가 가장 좋아 하는 성경 구절이다. 범사에 감사하라! '범(凡)'은 '무릇, 모두, 평범하다'라는 뜻이 있다. 그러므로 이 말은 "모든 일에 감사하라. 평범한 일에 감사하라."라는 뜻이다.

우리는 태어나서 자라고 생활해가면서 무수한 사람들로부터 도움을 받으며 살아간다. 정말 감사할 일이 한 두 가지가 아니다. 작은 것으로부터 큰 것까지, 보이는 것으로부터 보이지 않는 것까지 도움의 손길이 필요하다. 그러한 도움이 없다면 우리는 한 순간도 생존하기 힘들 것이다. 정말 감사할 일 천지다.

의식주뿐만 아니라 삶에 필요한 모든 것을 남의 도움으로 살고 있다. 불교에서는 '중생의 은혜'요, 원불교의 사은(四恩)으로 말하면 동포은(同胞恩)이다. 우리가 읽는 책만 해도 나만 있으면 어떻게 발간하고 내가 읽을 수 있겠는가?

책을 집필하고, 번역하고, 출판하여 수많은 사람들의 도움을 거쳐 내 손에 들어온 것이다. 여기에는 원유를 생산한 이슬람교도의 땀과 원유를 수송하고 정제하는데 참여한 기독교도의 땀도 배어 있다. 어찌 이웃들 모두에게 감사하지 않겠는가!

성경과 불경뿐만 아니라 많은 선현들도 감사를 칭송했다. "감사하는 마음에는 슬픔의 씨앗을 뿌릴 수 없다"는 노르웨이 속담이 있고, 토머스 제퍼슨은 "감사는 고결한 영혼의 얼굴"이라고 했다. 아울러 존 밀러는 "그 사람이 얼마나 행복한가는 그의 감사의 깊이에 달려있다"고 했으며, 본 헤퍼는 "감사를 통해 인생이 풍요로워진다"고 했다.

이와 더불어 항상 기뻐하라! 기쁨에 충만한 삶, 행복한 삶은 마음을 여는 것으로부터 시작된다. 분노와 좌절, 실망과 미움으로 가득 차 있으면, 마음은 결코 열리지 않고 닫혀 있기 마련이다. 웃는 얼굴에 복이 들어온다고 늘 Open Mind로 기뻐할 줄 아는 마음, 매일 매일이 전쟁 통 같은 지금의 현대인들에게 절실하게 필요한 가르침이다.

또한 쉬지 않고 기도하라! 결국 기도하는 대상은 사람이다. 내가 살아가면서 만나게 되는 사람, 좋은 사람과 나쁜 사람, 고마운 사람과 미운 사람 등등. 고마운 사람과 좋은 사람은 그분이 잘 되기를 그분이 복 받기를 감사함으로 기도하게 될 것이다. 미운 사람과 나쁜 사람은 저주를 내려달라고 또는 용서해달라고, 아울러 회개하고 더 이상 나쁘게 되지 않게 해달라고 기도하게 될 것이다.

　이렇게 함으로써 친구는 가까이 적은 더 가까이 하게 되어 상황이 더는 악화되지 않도록 행위를 하게 될 것이다. 세상을 살면서 이유 없이 밉거나 좋은 경우도 있지만, 대개는 서운한 감정이 쌓이다 보면 미워하게 되고, 그것이 반복되면 적이 되는 경우가 흔하다. 진정을 가지고 진심을 다해 쉬지 않고 기도하는 것을 훈련하고 생활화하는 것이 복된 삶의 원천이다.

　이처럼 감사한 마음을 갖는 것이 우선이고, 그것을 표현하는 것이 무엇보다 중요하다. '열 길 물속은 알아도 한 길 사람 속은 모른다.'고 했다, 나 외에는 내 마음을 잘 모를 것이다. 그래서 감사한 일이 있을 때에는 즉시 감사한 마음을 표시해야 한다.

　쌀 한 톨의 무게가 일곱 근 반이란 말도 있다. 농부가 흘린 땀의 무게, 죽은 벌레의 무게, 햇빛과 물의 무게를 모두 합하면 어찌 일곱 근 반에 그치겠는가. 아주 적은 양의 먹을거리일망정 소중히 여기고 고마워해야한다.

사람으로 태어나려면 수천만 대 일, 또는 훨씬 그 이상 치열한 경쟁을 통과해야 한다. 이처럼 우리는 운 좋게 태어나 삶을 누리고 있는 것이다. 90세가 넘어서도 왕성하게 활동하시는 이시형 박사님은 아침에 깨어나면 제일 먼저 하는 일이 "눈 뜨게 해주셔서 감사합니다!" 라고 한단다. 사지 멀쩡하게 돌아다닐 수 있는 것만으로도 감사한 일이다. 오늘 그대는 어떤 감사의 눈을 뜨셨나요?

8.

'무릎 꿇은 나무' 소통의 시작

내 마음의 평화를 위해 자신을 괴롭히고 아픔을 주는 도끼날에 독(毒)을 주는 게 아니라, 오히려 향(香)을 묻혀주는 지혜가 필요하지는 않을까(?)라는 칼럼의 표현에 많은 사람들이 공감을 표하면서 그렇게 할 수 있는 방안이 무엇이냐고 묻는다.

우리는 저 멀리 캐나다 로키산맥에서 자라고 있는 '무릎 꿇은 나무'의 일화를 알고 있다. 수목한계선인 해발 3000~3500m 높이로 바람이 매섭고, 눈보라가 심하며 강우량이 매우 적은 그 척박한 땅에서 이 나무는 살아남기 위해 자신을 최대한 낮추고 웅크러드렸다.

초라하게 자라는 키 작고 뚱뚱하고 마치 무릎을 꿇고 있는 모습처럼 보이는 이 나무. 가구를 만드는 목공소에서도 반기지 않는다. 심지어 꽃이나 잎도 제대로 피우지 못해 초식동물들조차 거들떠 보지 않는다. 이 나무는 이처럼 열악한 조건에서 생존을 위해 무서운 인내를 발휘한다.

인내의 결과로 볼품없이 휘어지고 뒤틀려 무엇으로도 쓸모없을 것 같은 이 나무가, 가장 공명이 잘 된다는 명품 바이올린의 소재로 사용된다. 나아가 세계 최고의 오페라 하우스에서 수많은 사람의 감동과 눈물을 자아낸다. 전화위복이고 나무승리다.

사람도 마찬가지다. 아름다운 영혼을 갖고 인생의 절묘한 선율을 내는 사람은 누구인가? 아무런 고난 없이 좋은 조건에서 살아온 사람이 아니라, 온갖 역경과 아픔을 겪어온 사람이다. 닥치는 매서운 바람을 맞아 인내하며 실천하고 무릎을 꿇고 간절히 기도하는 사람이다.

세상은 참 만만하지 않다. 기획하고 설계한대로 흘러가지 않는다. 많은 시련과 역경이 닥쳐온다. 감당하기 힘들 정도의 불운도 소나기처럼 몰아친다. 극단적인 선택을 해야만 하는 상황도 벌어진다. 불러들이지도 않았고 쫓아낼 수도 없으며 논리적으로 설명할 수 없는 무언가가 삶을 바꾸어놓을 때, 우리는 그것을 가리켜 불운, 저주, 부조리라고 한다.

이때 왜 사는지, 어떻게 살아야 하는지를 숙고하는 것이 중요하다. 삶의 의미를 찾는 것은 생존과 성패, 인생의 품격을 결정짓는 중대사다. 내 삶의 의미가 무엇인지 분명하게 아는 사람은 아무리 큰 상처를 받아도 다시 일어나 스스로를 치유한다. 반면 삶의 의미를 찾지 못한 사람은 작은 불운과 상처에도 쓰러지고 만다.

이러한 상처는 모두 사람과의 관계에서 일어난다. 그것도 대부분 나와 가까이 있는 사람과의 관계에서 벌어지고 배신과 원한으로 점철된다. 그 원한은 한 방에 이루어지는 것이 아니라 사소하게 서운한 부분이 쌓이고 쌓여서 폭발하게 되는 경우가 허다하다. 그 시작은 작은 소통의 부재로부터 기인된다.

인간은 커뮤니케이션 능력을 갖고 있지만 타인과 소통하는 데에는 믿기 어려울 정도로 곤란을 겪는다. 상대방 머릿속을 들여다 볼 수 없기 때문에, 시시때때로 말실수를 하고 송곳보다 날카로운 말로 상대방을 힘들게 한다. 소통은 중요하지만 힘든 과제로 까다로운 장애물들을 넘어야 한다.

내면의 고난과 시련을 이겨낸 사람이 타인을 향해 '마음의 무릎'을 겸손하게 꿇을 때, 타인과의 소통은 비로소 시작된다. 역지사지(易地思之) 소통의 단계에 이르기 위해서는 '무릎을 꿇은 나무'처럼 상대를 위해 최대한 내어주는 자세를 보여야 한다.

예수님은 '원수를 사랑하라', '일곱 번뿐 아니라 일곱 번씩 일흔 번이라도 용서하여라'고 주문하고 있다. 한 번도 아니고 일곱 번씩 칠십 번을 더하라니. 용서할거면 끝까지 하라는 말씀이다. 아울러 성경은 '노하기를 더디 하는 것이 사람의 슬기요 허물을 용서하는 것이 자기의 영광이니라'고 가르치고 있다.

불운이 닥치면 우리는 대부분 자신을 불운으로 빠뜨린 사람이나 일을 증오한다. 하지만 지혜로운 사람들은 타인이 아닌 자기 자신에 집중한다. 내 마음의 평화를 위해 자신을 괴롭히고 아픔을 주는 도끼날에 독(毒)을 주는 게 아니라, 오히려 향(香)을 묻혀주는 지혜는 나와 그 사람을 용서하고 화해하는 것이 아닐까?

9.

진리가 너희를 자유롭게 하리라

성경구절 중 가장 많이 인구에 회자되는 글귀중 하나가 아닐까 싶다. 그래서 인지 몰라도 세계의 많은 대학과 연구기관에서 모토로 삼고 있는 것을 볼 수 있다. "진리를 말할 수 있는데도 말하지 않는다면 하느님께서 노하실 것이다." 28세의 젊은 나이로 순교한 성 유스토 신부의 말이다.

이 세상에서 사는 동안 인간이 완수해야 할 큰 사명중의 하나는 자신이 깨달은 진리를 모두 전하여 다른 사람의 길을 비추어야 한다는 것이다. 그것이 배움을 통해 얻은 지식이든, 개인적 경험에서 얻은 지혜든 모두 전해야 한다는 뜻이다. 그것이 진리를 깨우친 사람들의 진정한 몫이라는 의미이다.

독일의 철학자 쇼펜하우어는 말한다. 진리는 아무리 그것이 무슨 도움이 될지 알 수 없다 하더라도 탐구해야 한다. 왜냐하면 전혀 예상치 않았던 곳에서 그 효용이 드러나기 때문이고, 모든 미망(迷妄)은 그 속에 해독을 품고 있기 때문이다. 진리의 승리는 그 과정은 힘겹고 고통스럽지만, 그 대신 한 번 자리를 차지하면 다시는 물러서지 않는다.

<수용소군도>를 쓴 솔제니친은 "진리의 한 마디가 전 세계보다 무겁다"고 의미 있는 말을 남겼다. 그 한 마디를 예수님은 성경을 통해 드러내고 있다. "진리를 알지니, 진리가 너희를 자유케 하리라."(요한복음 8:32). 흔히 세상에는 두 가지 흐름이 있다고 한다. 세간적인 흐름과 진리 중심의 출세간적인 흐름이 그것이다. 그런데 세상이 어지러울 때는 도둑놈 입에서 진리가 나온다고 한다.

여기서 한 가지 짚고 넘어가야 할 것이 있다. 진리를 인식하는 데 가장 큰 장애는 허위가 아니라 거짓 진리라는 것이다. 스스로 옳다고 믿는 '신념 기억', 이 신념기억이 더 굳어지면 아예 이데올로기로 변한다. 무식한 사람이 신념을 지니면 위험하다고 했던가. 그래서 철학자 니체는 "모든 신념은 거짓말보다 더 큰 진리의 위험한 적"이라고 했다.

이처럼 위험한 적은 우리가 살고 있는 세상 도처에 자리 잡고 있음을 볼 수 있다. 사상과 이념의 도그마, 과학기술 만능의 지식권력, 하나님 앞에 서야 할 인간 실존을 근본주의의 제단 앞에 무릎 꿇리는 종교권력, 세계와 삶의 심층을 향해 날아가야 할 예술혼을 덧없는 인기와 상업적 이익으로 낚아채는 문화권력, 이러한 권력도 인간의 자유를 구속하는 정신적 억압의 사슬임이 분명하다.

이러한 억압의 사슬을 끊어내야 한다. 그래야 진리가 우리를 자유롭게 할 수 있다. 교만과 거짓과 탐욕의 멍에를 끊어버리지 못하면 광명한 진리의 자리에 나아갈 수 없다. 진리 없이는 참 자유도 참 해방도 누릴 수 없다. 따라서 교만과 거짓과 탐욕으로부터의 해방이 진정한 자유이고 해방이 아닐까 싶다.

그러나 한편, 내 마음부터 들여다보아야 한다. 내 마음도 내 뜻대로 하지 못하면서 무슨 수로 다른 사람을 변화시킬 수 있겠는가? 전에 없었던 것이 지금 생겨났다 해도 시간이 지나면 그것들은 다시 몽땅 사라진다. 말씀을 듣고 깊은 영혼의 울림이 오더라도 예수님이나 부처님, 다른 성인이 내 앞에 나타난다 하더라도 이 모든 것은 사실 다 마음의 장난이다. 없는 듯이 본래 있는 것, 그것이 바로 우리의 본성이고 진리인 것이다.

누가 나를 화나게 하는가? 마음의 진실을 깨어서 보면 누가 나를 괴롭히고 화나게 하는 것이 아니다. 다 내가 나를 괴롭히고 고통을 만들어 스스로에게 안겨주는 것뿐이다. 진리를 깨달아 진리가 되지 못하면 기약 없이 이런 삶을 되풀이해야 한다. 이것을 혜안으로 꿰뚫어 본 성인들이 "진리가 너희를 자유롭게 하리라"고 말한 것이다.

모든 답은 오롯이 자신에게 달려있다. 타인의 잘못, 타인의 탓으로 돌릴 때 우리는 언제나 휘둘리는 삶을 살게 된다. 우연히 일어나는 일은 결코 없다. 모든 것이 영혼의 성장과 관련이 있다는 진리를 깨닫게 되면 온전히 자신의 삶을 살게 된다. 그때 비로소 자유로워진다. 내재되어 있는 울화병의 화가 사라지고 내적인 평화가 찾아온다. 나를 지탱해주는 그님 또한 내 마음과 가슴에 있지 않을까?

05

힐링이 밥 먹여 주냐?

1.

밥 먹여 주는 힐링산업

"(지극히 개인적인)힐링을 어떻게 산업화 할 생각을 했나요?" 7년 전 힐링산업협회의 명예회장을 맡아주시면서 깊은산속옹달샘 고도원 이사장님께서 던지신 말씀이다.

"마음이 편안한 것이 힐링이다. 도심 생활은 뇌를 피곤하게 한다. 뇌의 피로를 푸는 것이 중요하다. 사람들은 자연이 흔해서 그런지 감사함을 잘 모른다. 산에는 새소리, 물소리, 푸름, 맑은 공기로 가득하다. 세로토닌이 넘쳐난다. 그곳에서 하루를 지내면 뇌 피로가 풀린다. 그런 게 힐링이다." 힐링의 대명사 이시형 박사님이 힐링산업협회 중국 청도지부 결성차 중국 청도에 갔을 때 강연에서 내린 힐링에 대한 정의다.

이처럼 극히 개인적인 치유와 만족도인 힐링이 어떻게 하여 산업으로까지 발전하게 된 것일까. 우리는 흔히 대한민국을 세계 10위의 경제 대국으로 올려놓은 발판으로 한강의 기적을 얘기한다. 그러나 현대화와 한강의 기적 이면에 우리 사회의 피로와 위험은 갈수록 가중되어 OECD 국가 중 자살률 1위라는 오명을 안고 있다.

이러한 이중적인 모순은 역으로 힐링이라는 개념이 산업으로까지 성장한 배경이 되기도 한다. 환경이 아닌 자기 내면의 변화에 일차적 초점을 맞추고, 나아가 주변과 사회 전체의 피로와 위험을 줄이는 데도 작용할 수 있는 소비, 그것이 바로 힐링이 산업으로까지 발전한 배경인 것이다.

개인의 힐링을 넘어 산업으로까지 성장한 힐링산업은 향후 어떻게 될 것인가. 이에 대해 미국의 비영리 단체인 GWI (Global Wellness Institute)의 오페리아 예웅(Ophelia Yeung) 수석연구원은 답한다. "수명이 길어지고 만성질환과 스트레스를 비롯한 불행의 요소가 늘어남에 따라 건강 증진에 대한 기대는 날로 높아지고 있다. 힐링산업은 성장만 하는 것이 아니라 매우 역동적이기도 하다."면서 "특히 삶의 핵심 영역을 대표하는 힐링 부동산, 직장 힐링, 힐링 투어 부문은 가장 강력한 미래 성장 동력이 될 것이다. 다른 분야들 역시 일상의 모든 측면에서 힐링의 통합을 지원하면서 성장할 것이다."

이처럼 전망한 힐링 치유 관련 산업의 전체적인 규모는 얼마나 되고, 세계경제에서 차지하는 비중은 얼마나 될까? GWI가 2022 년도에 전 세계 150 개국의 웰니스 경제를 측정한 최초의 연구인 "글로벌 웰니스 경제: 국가 순위"를 발표했다. 세계의 웰니스 시장을 힐링 투어를 필두로 11개 부문에 걸쳐 조사한 결과인 이 리포트는 글로벌 웰니스 경제가 4.4 조 달러(한화 5,496조 400억 원)의 규모를 가지며 2025년까지 7조 달러(한화 8,745조 1,000억 원)로 성장할 것이라고 전망했다.

여기서 참고로 용어를 정리하면 '치유'를 지향하는 개념에는 '웰빙', '로하스', '웰니스', '힐링' 등이 있다. 웰빙(well-being)은 개인의 신체적 건강과 삶의 만족도를 제고하는 개념이다. 로하스 (LOHAS, Lifestyles of Health and Sustainability)는 '건강과 지속가능한 생활양식'이라는 의미의 약자다. 웰니스(wellness, well-being+fitness)는 웰빙(well-being)과 피트니스(fitness)의 합성어로 심신의 치유와 관련된 활동을 말한다. 의식주는 물론, 의료와 문화, 투어, 스파, 건축, 부동산, 직장 등 사회 전 영역으로 확대한 개념이다. 따라서 웰니스와 힐링(healing)은 같은 개념으로 봐도 무방하며 유럽을 중심으로 보편화 되어 있다.

글로벌 웰니스(힐링) 시장 규모 상위 10위(GWI, 2022)

1.미국: 1.2조 달러(1,496조 1,600억 원)

2.중국: 6830억 달러(851조 7,010억 원)

3.일본: 3040억 달러(379조 1,184억 원)

4.독일: 2240억 달러(279조 2,384억 원)

5.영국: 1580억 달러(196조 9,628억 원)

6.프랑스: 1330억 달러(165조 8,244억 원)

7.캐나다: 950억 달러(118조 5,125억 원)

8.대한민국; 940억 달러(117조 1,616억 원)

9.이탈리아: 920억 달러(114조 7,700억 원)

10.호주: 840억 달러(104조 8,236억 원)

 이 결과를 보면, 미국의 힐링 시장 규모가 압도적이다. 1.2조 달러로 두 번째로 큰 시장인 중국의 6803억 달러보다 약 두 배 규모를 자랑하고 있다. 실제로 미국은 전 세계 힐링 시장의 28%를 차지하며 독보적인 영역을 구가하고 있다. 아울러 상위 10개국이 글로벌 시장의 71%를 차지하는 것으로 나타나 미국을 필두로 상위 10개국이 세계 힐링시장을 석권하고 있는 것으로 드러났다.

 우리나라의 경우 상위 10위 국가 중 호주와 이탈리아를 제치고 8위에 랭크되고 있다. 아시아 국가들 중에서는 세계 힐링 시장 규모 중 2위와 3위에 오른 중국 및 일본에 이어 인도를 제치고 당당히 세 번째다. 인도, 타이완(대만)은 각각 780억 달러와 380억 달러로 12위와 17위를 기록했다.

위 조사에서 밝혀진 바에 의하면 현재 글로벌 힐링산업의 규모는 2023년 한국 예산의 약 10배에 달한다. 이처럼 큰 시장이 연간 8,745조 원 규모의 거대 시장을 향해 거침없는 성장세를 이어가고 있는 것이다. 이 지점이 바로 우리 정부가 힐링산업을 신성장산업으로 중점 육성해야 할 이유인 것이다.

레드오션에서 헤맬 것이냐 블루오션에서 순풍을 탈 것이냐. 레드오션에서는 가장 선두에서 사투를 벌여야 겨우 생존할 수 있지만, 블루오션에서는 꼬리에 붙어 따라만 가도 먹고 산다. 8,745조의 각축장이 된 국제 힐링시장을 어떻게 누가 먼저 선점하면서 성장해 갈 것인지 중요한 전환기에 와 있다.

대한민국은 개인 차원의 힐링을 넘어 기업과 지역사회 더 나아가 국가 모두가 협력하여 K-healing의 세계화에 매진할 때다. 힐링산업을 체계적으로 육성하고 특히 급증하고 있는 K-Healing을 체험하기 위한 외국인들의 발걸음을 붙잡는데 머리를 맞대고 지혜를 모아야 할 시점에 왔다.

많은 전문가들, 힐러(healer)들이 양산되고 국가적인 사업으로 공공성을 띠면서 발전하고 있다. 지역마다 힐링센터들이 줄지어 등장하고 있다. 나에게 주는 101가지 힐링 프로그램이 우후죽순식으로 선보여지고 있다.

많은 힐링 제품과 프로그램, 힐링 목적지 등에 대한 체계적인 정비와 인증제도 및 힐링에 참여하는 사람들이 서로 공감하고 공유할 수 있는 힐링산업 플랫폼 또한 절실하다. 힐링은 이제 시대의 화두이고, 광대한 산업으로 거스를 수 없는 대세가 되었다. 8.745조 세계 힐링산업 시장을 향해 거침없는 항해를 시작해야 할 때가 온 것이다.

이시형 박사님을 필두로 힐링산업협회 중국 청도 지부 회원들과 함께(중국 칭다오에서)

2.

명상,
하루에도 열 두 번씩 바뀌는 마음?

"서양 사람들이 가부좌로 눈을 지그시 감고 있는 모습을 보면?"

"신비롭고 한편 웃음도 나온다."

저분들은 원래 의자와 침대문화에 익숙해서 가부좌는 많이 불편할 텐데...

친구와 얼마 전 나눈 대화다.

"사람의 마음은 하루에도 열두 번씩 바뀐다."고 공자는 말했다. 그 마음은 우리 몸의 어디에 있는 걸까? 가슴에? 머리에? 뇌 과학자는 마음이 뇌에 있다고 주장한다. 모든 것은 마음먹기에 달려 있고 마음을 조용히 잘 잠재우는 것이 내적 평화의 원천이다.

『멈추면 비로소 보이는 것들』로 유명한 혜민 스님은 마음은 원래 하나였는데 둘로 나뉘어서 오래 지내다 보니 둘이 공존하는 것으로 허공과도 같은 마음에 뜬구름 같은 선한 생각, 악한 생각들이 들어와서 손님처럼 놀다간다는 것이다. 그래서 마음을 다스리려 하지 말고 마음과 친해지라고 한다. 마음을 다스리려고 하면 할수록 더 집착하게 되어 혼란스러워진다고...

맘 편안 것이 세상 제일이라고들 얘기한다. 맘 편함의 중심에 명상이 있다. 명상(冥想)은 어두울 명(冥)에 생각할 상(想)이다. 눈을 감아보면 모든 게 어두워지면서 내면으로 가는 길이 열리고 우리를 침묵과 고요 속에 들어가게 한다. 이를 통해 아집, 번뇌, 에고 등 늘 우리를 괴롭히는 잡념으로부터 자유로워져 정신적인 안정과 내적 평화를 찾게 된다. 여러 종교에서 관찰되는 훈련법이며, 현대 심리학자와 뇌 과학자들은 종교인들의 신을 영접하는 체험의 정체로 명상을 지목하고 있다.

명상은 오랜 역사 동안 동양의 종교나 철학에서 중요한 요소로 여겨졌다. 원래 명상인 meditation은 그리스도교 용어였다. 조용히 생각한다는 뜻으로 그리스도교에서 숙고나 묵상기도를 의미하는 단어였다. 이후 그리스도교가 메이지 시대 일본에 전파되고 meditation을 한자어로 번역하면서 冥想 또는 瞑想으로 표기되어졌다. 의미는 마찬가지로 생각(想)을 잠재운다는(冥) 뜻이다.

명상은 동양에서 시작했으나 서양 문화권에서도 많은 사람들이 수행하고 있다. 미국을 중심으로 과학과 결합하여 대중화, 생활화되어가고 있다. 특히 스마트폰의 발달과 함께 등장한 명상 앱 '캄

(Calm)'은 미국 명상, 힐링 분야에서 최고의 앱으로 기업 가치가 무려 22억달러(약 2조 5천억대) 규모에 이른다. 이제는 치유 명상으로 큰 부를 창출하는 시대가 된 것이다. 미국 MIT대 존 카밧진 박사가 만든 MBSR(Mindfulness Based Stress Reduction, 마음챙김에 근거한 스트레스 감소)은 명상을 과학과 결합시켜 대중화에 성공한 최초의 프로그램이다. 카밧진 박사는 스스로 한국불교 숭산 스님에게 참선을 배운 제자라 자처한다.

눈을 한국으로 돌려보자. "나를 바꾸지 않으면 세상을 바꿀 수 없다." 이를 모토로 경북 문경시가 추진하고 있는 세계명상마을이 핫 플레이스로 떠올랐다. 2022년 4월 개장 이래 11개월간 명상 집중수행 참여인원이 1천명을 넘어섰다. 아울러 일정 기간 수행에 참여하는 집중수행 외 일일 체험자, 법문 참석자 등을 포함하면 세계명상마을을 다녀간 사람이 연인원 3만명에 이른다. 가히 명상의 시대가 열리고 있는 것이다.

요즘은 여행도 명상을 목적으로 하는 여행이 많다. '바이칼 명상여행', '인도 명상여행', '일본 아이모리 명상여행' 등. 전에는 상상도 못했던 일들이다. 그만큼 명상이 보편화 되었다. 사람들이 학원이나 카페에 가듯이 명상하러 다닌다. 명상은 깊은 산속으로 들어가 일상을 완전히 떠나야만 할 수 있는 거라고 알던 시절은 지났다. 밥을 먹고 운동을 하듯 명상도 그렇게 당연한 일상이 되었다. 밥을 먹고 그 에너지로 몸을 움직이는 것처럼 사람들은 마음을 비우는 명상으로 내면의 치유를 통해 더 활기차게 살아가고 있는 것이다.

명상산업은 현재 급속하게 성장하고 있으며 지속적인 성장이 예상된다. 명상이 자본주의의 첨단 기업에까지 보급 되어 활용되고 있다는 것은 그만큼 경쟁력을 가지면서 대중화, 보편화되었다는 말이다. 코로나 팬데믹 상황에서 면역력이 강하면 어떤 변형 바이러스도 침범하기 어렵다는 것이 입증되었다. 명상은 만병의 근원인 스트레스를 해소하는데 특효약이 되어가고 있다. 가부좌가 힘들어도 심간(心肝)이 편해지고 정서적 면역력을 높일 수 있다면 명상을 만병통치약으로 사용해도 되지 않을까?

3.

3억 명이나 즐기는 요가, 왜?

"요가는 마음의 작용을 멈추는 것이다."

요가 경전인 '요가수트라'에 나오는 말이다. '멈춘다.'는 단어는 '바라보다' '알아차리다' 등으로도 바꿀 수 있다. 요가도 명상과 마찬가지로 마음을 조용히 잠재우는 행위다.

약 6년 전인 2019년 6월 16일 일요일. 광화문 광장이 차 없는 거리가 되었다. UN이 정한 세계 요가의 날을 기념하여 세계요가대회가 그곳에서 열렸던 것이다. 세계요가의 날인 6월 21일 무렵이 되면 수백 명 많게는 수천, 수만 명씩의 요가인들이 모인 기념대회가 대한민국을 비롯한 세계 곳곳에서 열린다. 그날 광화문 차 없는 거리에서 메트리스 한 장에 레깅스를 착용하고 일사분란하게 요가를 하는 모습은 나에게 신선한 충격으로 참 아름답고 평화로워 보였다.

세계 요가의 날은 인도의 전통 수행법이자 운동인 요가를 널리 알리기 위해 2014년 국제연합(UN)이 공식 제정, 선포한 날로 매년 6월 21일을 기념한다. 제1회 세계 요가의 날인 2015년 6월 21일에는 우리나라를 비롯해 인도, 미국, 프랑스, 타이완, 말레이시아 등 전 세계 192개 나라에서 기념행사가 열렸다. 특히 인도의 수도인 뉴델리에서는 '평화와 조화'를 주제로 모디 총리를 비롯해 시민, 공무원, 학생 등 3만 5,000명이 단체 요가를 선보이며 큰 화제가 됐다.

사람들은 왜 요가에 빠져드는가? 요가는 산스크리트의 어원인 "Yuj"에서 유래되었으며 이는 결합, 균형, 합일의 의미를 지니고 있다. 인도에서 기원한 철학적인 실천법이다. 개인의 자아와 우주의 자아가 하나가 되고 결합된다. 여기에 명상과 철학이 더해져 우주와 인간의 커다란 순환을 이야기한다. 따라서 운동이라기보다는 수련에 가깝다. 요즘 들어선 라이프 스타일 그 자체이자 세계를 관통하는 문화의 한 축이 됐다. 사람들의 몸과 마음을 통합적으로 관리하여 건강하고 안정적인 삶을 유지하는데 큰 도움을 주고 있다.

현재 전 세계 요가 인구는 약 3억 명으로 추산된다. 미국은 3700만 명이, 캐나다는 인구의 21%가 요가를 즐긴다는 통계가 있다. 또한 맨손운동이 생활인 중국인에게도 요가는 사랑받는 수련 중 하나가 됐다. 늘 시간에 쫓기고 머릿속은 꽉 찬 채 하루하루를 살아내야만 하는 대도시의 사람들은 진정으로 마음의 안정을 원한다. 따라서 이들에게 요가의 매력과 인기는 날로 증가하고 있는 것이다.

이러한 세계적인 흐름에 따라 우리나라 요가 인구도 약 300만 명 정도로 파악된다. 국내 요가산업은 2000년대 초부터 큰 붐을 이루며 성장해왔다. 꾸준하게 성장하던 국내 요가는 코로나 팬데믹 이후 요즘 다시 전 연령대의 지지를 받으며 본격적인 황금기를 맞이하고 있다. 요가지도자 자격을 갖춘 사람들이 5만 명이다. 1만여 개의 요가센터가 운영 중이고 국내 요가 시장의 규모는 무려 약 4조원으로 평가되고 있다.

요새 피트니스가 대세다. '피트니스'라고 하면 대부분은 헬스 트레이닝을 생각한다. 하지만 이 단어에는 그 이상의 의미가 담겨있다. 일반적으로는 '어떤 특정한 역할이나 임무를 수행하기에 적합한 품질이나 상태'를 뜻한다. '적합함' 또는 '안성맞춤' 이라는 단어로 풀이된다. 즉 피트니스는 안성맞춤의 적합한 몸과 마음을 만들어내는 것으로 정의할 수 있다.

안성맞춤으로 적합한 몸과 마음을 어떻게 만들 수 있을까? 현대인은 컴퓨터와 함께 산다. 오랜 시간 컴퓨터나 책상에 앉아 일하다 보면 허리가 아프거나, 어깨가 결리는 등 몸의 여기저기 통증이 몰려온다. 이러한 통증은 몸의 자세에 무리가 있다는 신호다, 이는 직업의 문제이거나 다리를 꼬아 앉는 등 본인도 모르게 해온 무의식적인 생활습관으로 인해 생긴 것이다. 잘못된 자세로 생긴 병든 몸을 바로잡아야 한다. 많은 사람들이 교정의 지름길로 매력적인 몸과 마음을 만들어내는 요가를 주목하게 된 것이다.

요가는 마음을 조절해서 마음의 움직임을 억제하여 인간 본래의 고요한 마음으로 돌아가는 상태를 만들어낸다. 번잡한 생각을 다 털어내고 정신을 집중하여 무아지경의 상태에 이르는 경지, 이것이 바로 힐링의 상태다.

내적 평온함의 상태에서 입가에 엷은 미소가 지어지는 것. 이때 드디어 우리의 뇌에서는 충동물질 도파민이 아닌 세레토닌이라는 행복물질이 분비되는 것이다. 나아가 사람은 이기적인 상태에서 이타적인 상태로 접어든다. 선한 영향력을 발휘하고자 한다. 힐링의 정수인 요가를 나의 일상과 함께 한다면 매력적인 몸매와 내면의 평화를 얻고 덤으로 조화로운 사회를 만드는데 일조할 수 있지 않을까?

4.

골프와 힐링, 그리고 인생

'신이 만든 최고의 작품은 인간이고 인간이 만든 최고의 놀이는 골프다.'

골프를 좋아하는 사람들이 명대사처럼 인용하는 말이다.

사람들은 여행을 가는데 세 번 간다고 한다. 첫 번째 여행은 준비하는 시간이고 두 번째는 실제 가는 것이며 세 번째는 복기하는 과정이란다. 그중 경제학적으로 효용이 가장 높아 행복감이 충만할 때는 여행 가방을 챙겨 공항으로 향할 때라고 한다.

얼마 전까지만 해도 한국에서 골프를 하는 것은 좀 쉬쉬하면서 하는 운동이었다. 공직자들이 골프 치는 것을 죄악시 했으며, 기념일에 골프하는 것은 큰일 나는 것으로 여겨졌다. 하지만 이제는 골프가 워낙 대중화 되어 동네에 골프 연습장과 스크린 골프장이 넘쳐난다. 공중파의 프로그램도 연예인들이 편먹고 골프 치는 것이 인기리에 방영되고 있다.

'국내 골프 인구 약 1176만 명(2021년 기준), 스크린 골프 약 400만 명, 연 부킹 건수 2,800만 건' 사실상 국민생활체육 단계에 이르렀다. 골프는 잘 될 듯 말 듯 한 묘한 속성으로 끈질긴 승부 근성을 지닌 한국인의 성격을 자극하는 것에 그 매력이 있다. 세계 어느 나라 사람들보다 한국인들이 골프를 좋아하고 잘하게 된 까닭도 여기에 있지 않을까 생각된다.

골프는 대개 4인이 한 조가 되어 놀이를 하게 되므로 미리 예약을 하게 된다. 약 2주전에 티업시간이 나오게 되고 이른 아침시간에 잡히면 많은 사람들이 잠을 못 자고 필드에 나간다. '본인 사망 외에는 골프 약속을 어기면 안 된다'는 불문율이 각인되어 알람을 켜놓고도 잠들지 못하고 뒤척이게 되는 것이다.

골프는 필드에서 겪는 여러 가지 상황이 인생의 구석구석에서 발생하는 삶의 굴곡과 묘하게 닮아 있어 골프를 하면서 인생을 더 많이 사색하게 된다. 방칠거삼(방향칠십 거리삼십)이라고 거리보다는 방향이다. 아무리 멀리 나가도 방향이 잘 못되면 헛방이다. 아울러 방향이 잘 못되어 오비가 나면 겸허히 인정하고 마음을 고쳐먹고 제대로 하면 좋으련만 그걸 만회하겠다고 힘을 주면 영락없이 또 엇나간다.

'골프와 정치는 고개 쳐들면 죽는다.'는 명언도 있다. 그만큼 겸손해야 한다는 것이다. 조금이라도 잘났다고 우쭐대다가는 바로 세상으로부터 정을 맞듯이 골프에서도 고개 쳐드는 순간 바로 오비가 나고 해저드에 빠진다. 끝난 게 끝난 것이 아닌 것처럼 머리 숙여 끝까지 공을 쳐다보면서 때려야 한다.

골프는 탄생과 죽음을 땅에서 경험하는 놀이다. 티샷에 공을 올려놓는 순간 생명이 창조된다. 생명이 탄생하여 죽음이라는 홀컵을 향해 달려가지만, 다음 생이 반드시 준비되어 있기 때문에 죽음을 두려워할 필요는 없다. 골프를 통해 이 법칙을 음미해 본다면 생을 대하는 태도가 달라질 것이다. 아울러 리듬이다. 하나 둘 하나 둘 리듬이 맞아야 똑바로 나간다. 리듬이 깨지면 곧바로 쪼루(토핑)가 나거나 뒤땅을 친다. 인생도 마찬가지다. 매일 매일 루틴하게 리듬을 가지고 일일신우일신해야지 한 방에 거머쥐고자 하면 대박은 고사하고 쪽박을 차게 마련이다.

최근 골프레슨으로 가장 잘 나가는 임진한 프로는 "100가지를 아는 사람이 많다. 거기에 한 가지를 더 알려주면 101가지다. 1초만에 끝나는 골프에서 101가지 생각을 어떻게 다 하는가"라고 반문하면서 "박인비는 스윙 이론이 아주 단순하다. 그냥 들었다 내리는 정도로 생각한다. 단순한 사람이 잘 친다."고 조언한다.

여행과 마찬가지로 골프부킹이 정해지고 날짜가 다가와 골프백을 챙겨 골프장으로 향할 때가 가장 행복한 순간이다. 가서 헤매고 나면 내가 왜 이러나 낙담하기 일쑤다. 끊임없이 온탕과 냉탕을 오가면서 18홀이 끝난다. 다타호신(많이 치면 몸에 좋고) 소타호심(적게 치면 마음에 좋다)으로 위안을 삼으면서 다음을 기약한다.

시간과 돈, 함께 할 친구라는 삼박자가 맞아야 되는 골프는 우리네 긴 인생길에 오래도록 힐링하기 좋은 놀이라고 생각된다. 물론 전제조건이 있다. 내 삶에서 일과 놀이가 균형점을 이루어야 된다는 것이다. 끝으로 내기는 밥값이나 캐디피 정도로 하고, '딴 돈을 주머니에 넣고 가면 삼대가 빌어먹는다.'는 철칙으로 모두 동반자들에게 베풀어야 우정이 오래간다.

힐링투어, 관광인가 여행인가?

"열심히 일한 당신 떠나라!"

아직도 쟁쟁하게 울림을 주는 카피다. 이 보다 더 좋은 여행카피가 있을까 싶다.

요즘은 직장에서 정년퇴임하고 인생 제2막을 준비하는 사람들을 자주 본다. 퇴임 후 약 6개월은 신나게 논다. 허나 6개월이 지나면 노는 것도 일이 되어 신물을 낸다. 인생 60부터로 길어진 제2의 인생을 잘 설계하지 못하면 낭패를 보기 십상이다.

여행은 우리에게 큰 활력소를 선사한다. 선진 유럽의 경우 노동자들이 한 달 여름휴가를 위해 1년을 참고 견딘다는 말이 실감난다. 여행은 지치고 힘든 일상을 버티는 에너지이자 힘이다. 여행이 이처럼 활력소와 힘이 되기 위해서는 전제 조건이 있다. '열심히 일한 당신'이라야 된다는 것이다.

여행(旅行)은 일이나 유람을 목적으로 다른 고장이나 외국에 가는 행위다. 자기 거주지를 떠나 다른 고장이나 다른 국가에 가는 일 등을 말한다. 영어로 여행을 뜻하는 'travel'은 고대 프랑스 단어인 'travail'에서 기원한 것으로 '일하다'라는 의미다. 이를테면 여행은 무역이나 이민에 의해 정해진 곳으로 가는 경우에만 해당되었다.

인간은 콜럼버스가 1492년 영국에서 새로운 대륙을 발견한 탐험 이래 먼 거리까지 여행해왔다. 대표적으로 알려진 수도자 여행가는 석가모니다. 석가는 왕가의 자손으로 호화로운 생활에 더 이상 기쁨을 느끼지 않았다. 그는 호화로운 왕실을 남겨두고 새로운 진리와 즐거움을 찾아 떠났다. 여행을 통해 석가모니는 배움, 수련, 명상 등을 할 수 있었다. 여행은 그에게 삶의 목적을 찾게 해 주었고 마음의 평화를 가져다주었다.

이처럼 많은 사람들에게 여행은 새로운 것을 배울 수 있는 기회를 제공한다. 나와 다른 세계를 색다른 시각으로 볼 수 있도록 눈을 열어준다. 나아가 세계를 더욱 가까운 수준으로 연결시키도록 도와준다. 아울러 여행을 통해 객관적으로 자신의 삶을 되돌아보고, 자신이 살아가는 삶의 목적 또한 새롭게 찾을 수 있게 해준다.

사람들은 흔히 '힐링하러 여행 간다.' 또는 '이번에 여행 다녀왔는데 잘 힐링하고 왔다.' 라는 말을 자주 한다. 그렇다면 우리는 여행을 통해 어떻게 힐링을 하게 되는 걸까. 사람들은 크게 4가지 관점에서 힐링을 체험하게 된다. 잘 먹고, 잘 자고, 잘 찍고, 잘 놀고 바로 이 4가지 행위가 우리로 하여금 힐링 여행을 추구하게 만든다.

앤데믹 시대를 지나온 글로벌 여행 트렌드를 살펴보면, 코로나19 팬데믹으로 인해 사람들은 힐링과 치유에 관심이 많아졌고 관련 여행 소비도 증대되었다는 것을 알 수 있다. 이를 반영해 정부와 지자체도 힐링 콘텐츠를 집중 육성하고 관광산업 지원 정책도 활발해지고 있다. 이에 따라 힐링 목적형 전문 투어 상품 필요성이 제기되며 실제 여러 여행사에서 이 같은 움직임을 보이고 있다.

영국 주간지 이코노미스트 산하 연구기관 EIU도 '2023 여행산업 전망'을 통해 전년대비 전 세계 관광객 수는 2022년 60% 증가했으며, 2023년에도 30% 증가할 것으로 전망했다. 대부분의 국가에서 여행제한을 완전히 해제함으로써 억눌린 여행수요의 강력한 성장이 불가피하다는 예측이다. 회복세는 지역에 따라 나뉜다. 일부 중동 지역은 이미 완연한 회복에 접어들었고, 러시아-우크라이나 전쟁의 영향으로 동유럽은 2025년까지는 지켜봐야 한다고 분석했다.

이처럼 힐링투어의 향후 전망은 매우 밝다. 그런데 우리는 여행을 할 것인가 관광을 갈 것인가? 관광은 보는 것이고 여행은 자신만의 무언가를 찾아내는 작업이다. 관광은 목적지에 도달해야 하지만 여행은 떠나는 순간부터 시작된다. 관광은 돈이 있어야 하지만 여행은 돈이 없어도 가능하다. 관광은 가서 편하고 돌아와서 몸살이 나지만 여행은 가서 힘들고 돌아와서 힘이 난다.

'투어앤마이스'의 김기범 대표는 "힐링투어란 일상에서 벗어나 새로운 환경과 경험을 통해 뇌와 신체감각들이 새로운 정보를 수용함으로써 느끼는 일종의 행복감이 아닐까 싶다."고 말한다. 이처럼 우리는 기존의 삶의 영역에서 벗어나 관광지를 직접 보고, 걷고, 듣고, 냄새를 맡으며 오감을 통해 신규 자극을 받음으로써 일탈의 즐거움을 느끼는 것이다. 마음의 평화와 힐링을 위해 관광을 갈 것인지 여행을 할 것인지 여러분의 생각은?

세계인들이 평생 해보고 싶은 버킷리스트 힐링 투어 명소로 각광을 받고 있는
튀르기에(터키)의 카파도키아 열기구 투어.
새벽에 시작하여 하늘에 떠올라 열기구에서 바라보는 일출은 장관이다.
카파도키아 지역경제를 먹여 살리고 있다.

6.

> 산에는 자주 가시나요?

중국 당나라의 시선(詩仙) 이백은 "왜 산에 사느냐"는 물음에 답을 하지 않고 웃기만 했다. 왜 그랬을까? 이에 비해 대표적인 민족시인 김소월은 "꽃이 좋아 산에서 사노라네"라고 노래했다.

입춘(立春)도 되고 하여 올해 들어 처음으로 관악산을 올랐다. 산에 오르면 마음이 편안해진다. 산 정상에 올라 스모그로 자욱한 서울 시내를 내려다보고 있노라면 답답함과 동시에 거기로부터 탈출해 있는 나의 모습이 뿌듯하다. 신선한 에너지가 샘솟아 오르고 있음을 새삼 느낀다. 주말이면 참 많은 사람들이 산을 찾는다.

같이 산에 오른 사람이 "대한민국의 신도 중 '등산신도'가 가장 많을 것"이라며 웃는다. 우리나라는 복작거리는 도시로부터 벗어나 스트레스를 날릴 수 있는 산이 지천에 널려있다. 아마도 산이 많아 우리나라 범죄율을 많이 떨어뜨리는 요소가 되고 있을 것이다.

왜 우리가 산에 오르면 심신의 피로가 풀리는 걸까. 요새 각광을 받고 있는 산림치유의 덕이다. 산림치유(forest therapy, 山林治癒)란 수목을 매개체로 하여 심신의 질환을 예방하고 치료하는 것을 목적으로 하는 치유방법이다. 숲의 환경을 이용하여 심신의 건강증진을 목적으로 하는 모든 활동이 포함된다.

이는 고대로부터 이어져 온 방법이다. 하지만 스파 테라피(spa therapy, 입욕치료)가 의학적으로 공인된 1927년에서야 과학적으로 효과가 증명되어 인정받기 시작했다. 옛날 우리 조상들이 산속의 동굴 생활을 하였으므로 우리가 산에 가면 그 귀소본능에 따라 마음이 정화되고 편안해지면서 치유된다는 것이다.

우리국토는 약 2/3가 산이다. 사계절이 뚜렷한 아름다운 금수강산을 가지고 있다. 중동지역으로 성지순례를 다녀온 분들이 "예수님이 재림할 곳은 그 척박한 곳이 아니라 아름다운 우리 강산 대한민국이 될 것"이라고 우스갯소리로 얘기한다. 그만큼 우리는 천혜의 환경인 자연의 보고 속에 살고 있는 것이다. 너무 흔해서 감사할 줄 모르고 당연시 여기고 있을 뿐.

우리는 한강의 기적과 현대화의 대가로 물질적 풍요를 얻었다.

더불어 피로와 위험을 얻은 대신 위로와 공감을 함께 할 가족과 이웃을 잃었다.

과거에는 사회학이 전통과 현대로 세상을 구분했지만 지금의 세계는 재화의 배분을 중심으로 돌아가는 '산업사회'와 '위험사회'로 나뉜다. 사회학자 울리히 벡(Ulrich Beck) 교수는 현대사회는 위험과 해악을 내포하고 더 커지면서 돌아간다는 위험사회(Risikogesellschaft)를 얘기했다.

치열한 경쟁에 지쳐 피로와 위험을 낮추려는 사람들은 무언가를 구입했다거나 어디를 다녀왔다는 이른바 '경험 경제(experience economy)'만으로는 만족하지 못한다. 한 단계 업그레이드된 '치유'의 경험을 원하는 것이다. 그들은 물질만능주의가 크게 도움이 되지 않다는 사실을 알고 있다. 자연과 자신을 연결하고 싶어 한다. 같은 생각을 가진 사람들과 자신을 연결하고 싶어 한다. 상품을 소비하기보다는 치유라는 가치를 소비하고 싶어 하는 것이다.

'열심히 일한 당신 떠나라'라는 카피가 유행했다. 치유관광의 첫 테이프를 끊은 산림치유산업! 우리나라에 산림치유개념이 도입된 것은 그렇게 오래되지는 않았다. 지난 2007년 산림청이 제 1호 치유의 숲을 경기도 양평에 만들면서 처음 도입됐다. 이후 2011년에는 산림문화휴양에 관한 법률이 제정돼 산림치유와 관련한 법적 장치가 마련됐다.

산림청은 산림문화·휴양기본 5개년 계획을 세워 독일과 마찬가지로 의료보험과 연계된 제도를 도입하겠다고 밝히고 있다. 좋은 방안으로 꼭 추진될 필요가 있다. 더불어 2021년 말 기준 전국의 자연휴양림은 총186개소에 이른다(국립 46개소. 공립 116개소. 사립 24개소). 민간위탁 등 획기적인 운영방식으로 공실 없이 운영되는 국민들로부터 사랑 받는 자연휴양림으로 거듭나도록 해야 할 것이다.

10여 년 전 지리산 천왕봉을 올랐을 때의 일이다. 장터목산장까지 죽을 둥 살 둥 무거운 배낭을 메고 올라온 등산객들은 산장에서 한 숨을 돌린다. 이어 마지막 천왕봉을 오르기 위해 배낭을 산장에 맡겨 놓고 맨 몸으로 나선다. 모든 것을 버려야 정상에 오를 수 있기 때문이다. 그런데 천왕봉에서 진풍경이 벌어졌다. 대부분 빈손 빈 몸으로 왔는데 한 분이 천왕봉이 초행길인지 정상주로 마시기 위해 막걸리 세통을 가져왔다. 함께 정상주로 나눠 마시자는데 누구도 하산길이 두려워 선뜻 막걸리 잔을 받으려 하지 않는 것이다. 그렇게 낑낑 메고 가져온 막걸리를...

천왕봉 정상을 밟으려면 뱀사골로 올라오건 중산리 계곡으로부터 올라오건 헬기 타고 올라오지 않는 이상 자신의 두 팔과 두 다리로 올라와야 한다. 그래서 정상에서 만난 사람들은 어떻게 올라왔건 인정할 수밖에 없다. 산에 오르는 사람들은 자신이 가지고 있는 것을 버릴 줄 아는 사람이다. 무거운 짐 다 내려놓아야 하는 것이다. 그게 산에 오르는 이로움, 산림치유의 근원적인 미학이 아닐까.

꼭 천왕봉이 아니어도 좋다. 동네 뒷산이라도 주말 자신의 케렌시아로 만들 필요가 있다. 따분한 일상에서 살짝 벗어난 새로운 일들은 우리의 감성을 자극한다. 감성은 가벼운 흥분이나 새로운 체험으로 뇌가 좋아하는 활동이다. 뇌의 피로를 풀기 위해서는 나만의 산책과 여행 등 감성 여행이 필요하다.

세계 최초로 장기체류객을 위한 국립산림치유원도 건립돼 이용객들을 맞이하고 있다. 전국 곳곳에 '치유의 숲'이 조성되고 있으며, 치매예방과 숲 태교 전문 산림치유지도사도 대폭 늘어날 전망이다. 의료보험 연계 전 단계로 보건복지부 산하 국민건강보험공단이 시범 시행하고 있는 '건강생활실천지원금제'에 산림치유 프로그램을 적용하고 있다. 이 프로그램은 국립치유의 숲 등에서 산림치유를 체험할 때마다 1000원을 적립해주는 형식으로 진행된다.

절로 힐링이 될 수 있는 우리의 금수강산을 잘 활용해야 한다. 아름다운 자연을 어떻게 산림치유로 연결시킬 것인가를 고민해야 한다. 독일을 중심으로 유럽 여러 나라들이 의료보험과 연계된 산림치유 정책을 시행하고 있다. 이 정책을 도입하기 위해서는 많은 논의 및 시행착오와 난관이 있을 것이다.

산림청은 대한민국 산림치유 정책의 획기적 전환이 될 이 정책의 도입을 위해 심혈을 기우려야 한다. 시대의 화두인 '산림을 그냥 자연으로 볼 것인지 아니면 자원(資源)으로 볼 것인지'를 새기면서. 치료보다는 치유와 면역력 강화가 답이다. 주말에는 가까운 뒷산을 나의 케렌시아로 삼아 매주 힐링 산책하는 것은 어떨까. 둘레길도 잘 조성되어 있는데.

해양치유, 효과 보셨나요?

바다는 나에게 무엇인가?

'자 떠나자 동해바다로 신화처럼 숨을 쉬는 고래 잡으러~' 술 마시고 노래하고 춤을 춰 봐도 가슴에는 하나 가득 슬픔뿐일 때, 동해바다를 그리워하며 이 노래 가사를 흥얼거린다.

"바닷가를 걷고 오세요. 몸과 마음이 치유됩니다."

푸르른 바다를 바라보며 요가를 하거나 여유로운 백사장을 맨발로 걷는 모습은 나에게 편안함을 제공하는 대표적 장면이다. 영국 셰틀랜드제도 가정의학과 의사들은 환자를 진료할 때 '바닷가 산책'을 처방전에 포함한다. 30분가량 바닷가를 걷다 보면 자연스레 몸과 마음이 치유되는 경험을 얻기 때문이다. 이는 때론 주사

나 약보다 더 효과가 있다. 바다가 인간에게 주는 선물이다.

아일랜드 더블린 트리니티 대학의 셰인 오마라 뇌 연구 교수도 저서『걷기의 세계』에서 "두뇌와 신체질환에 대한 예방의학 차원으로 바닷가 산책을 처방하면서 긍정적 반응이 나타나고 있다"고 주장했다. 일찍이 독일, 프랑스 등 서구권에서는 이러한 바다의 능력에 주목해 '해양치유'라는 건강 증진 활동을 발전시켜 왔으며, 이제는 의료보험까지 적용되는 검증된 건강프로그램으로 자리를 잡았다.

생명의 근원인 바다가 우리에게 주는 혜택은 참으로 많다. 3.4%의 염분이 모든 것을 썩지 않게 만들고 정화시킨다. 건강한 먹거리는 물론, 생활에 필수적인 많은 자원이 바다에서 생산되고 있다.

최근 주목받고 있는 바다의 선물이 또 하나 더 있다. 바로 질병의 예방과 치료, 재활에 도움을 주는 '해양치유'다. 해양치유는 해양기후·경관, 해수, 바다모래, 머드·소금, 해조류 등 다양한 해양자원을 활용해 국민건강증진에 보탬을 주는 프로그램이다. 이미 대학병원 등 여러 검증기관을 통해 긍정적 임상결과가 도출했다.

독일, 프랑스, 일본 등의 경우 해양관광·바이오·헬스케어 등을 융·복합한 해양치유산업을 통해 일자리와 부가가치를 크게 창출하고 있다. 특히 독일은 해양 및 온천 치유시설(Kurort)이 전국적으로 350여 개소나 운영되고 있다. 해양과 함께 산림, 온천 등 자연자원을 활용한 치유산업을 19세기부터 꾸준히 육성해 온 결과다.

약 45조원 규모의 시장과 45만개의 일자리가 만들어지고 있다. 나아가 의료보험까지 적용되는 대체의학으로 자리매김하면서 의료비 절감 효과까지 톡톡히 거두고 있다. 일본도 해양심층수를 이용한 '해양치유센터' 30여 개소를 운영하고 있으며, 프랑스나 이스라엘도 해양자원을 활용한 치유 시설을 지속적으로 설립하고 있다.

후텁지근한 도심을 탈출해 바닷가로 피서를 떠나면 물놀이도 좋지만 백사장에서 즐기는 모래찜질 또한 기분 좋은 체험이다. 땡볕에 달아오른 모래로 온몸을 덮으면 뻐근했던 허리와 어깨, 다리 등이 죄다 풀린다. 인근에 해수탕이 있으면 빼놓을 수 없는 필수 여행코스로 인기 만점이다. 따뜻한 바닷물에 몸을 담그고 느끼는 몸과 마음의 평온한 기분은 이루 말할 수 없다. 또한 갯벌에서 진흙 마사지를 하고 바닷물에 씻는 기분 또한 일품이다. 이는 비단 나만의 경험은 아닐 것이다.

사람들은 바쁜 일상 속에서도 이러한 모습을 떠올리며 마음의 여유를 얻고 감정의 순화를 경험한다. 왜 그럴까? 바닷가에서의 이러한 행동은 시각적으로 심리적 편안함을 제공한다. 그런데 실제로도 건강에 도움이 되는 경험들이 쌓여서 그런 건 아닐까?

우리는 언제든 떠나고 싶을 때 바다로 갈 수 있다. 천혜의 섬 제주는 이국적인 모습으로 우리를 반긴다. 삼면이 바다로 둘러싸인 우리나라는 해양치유를 위한 자원의 보고다. 뿐만 아니라 도심에서 바다까지의 이동 거리가 짧다는 강점도 있다. 아름다운 경관과 세계 최고 수준의 생물 다양성을 가졌다.

세계 5대 갯벌을 비롯하여 우수한 해양치유자원들을 두루 갖추고 있다. 이로써 국·내외 전문가들로부터 해양치유산업의 적지로 평가받고 있는 것이다. 특히 비염이나 아토피와 같은 환경성 질환과 고령화에 따른 만성질환으로 사회적 비용이 갈수록 증가하고 있는 지금, 해양치유산업의 육성 필요성은 그 어느 때보다 더 커졌다.

현재 우리나라는 '해양치유 자원의 관리 및 활용에 관한 법률'이 시행돼 해양치유 산업 발전의 법적 토대가 마련됐다. 해양수산부는 해양치유의 선두를 달리고 있는 완도를 비롯하여 태안, 울진, 경남 고성 등 4곳을 선발했고, 지역에 특화된 해양치유센터 건립 및 프로그램을 선보이고 있다. 해양치유산업은 관광산업과 연계할 수 있어 부가가치 또한 매우 높다. 더불어 어촌지역의 소멸 문제도 해결할 수 있다는 측면에서 활성화할 가치가 매우 크다.

의료, 관광, 해양바이오 등 다른 분야에까지 미치는 파급효과가 매우 큰 미래산업인 우리 해양치유산업이 하루빨리 활성화되어야 한다.

빠르게 초고령사회로 진입한 우리나라가 해양치유산업을 잘 활용한다면 의료급여 등 사회적 비용이 크게 경감될 것이다. 의료급여 가운데 65세 이상 고령층이 차지하는 비중이 매년 높아지는 상황이다.

도심형 해양치유단지 조성 등을 통해 자신이 사는 곳과 가까이에서 심신을 치유할 수 있는 환경이 만들어져야 한다. 삼면이 바다인 우리의 장점을 충분히 살리자. 연안·어촌 경제에도 새로운 활력을 불어넣자. 국민 모두 바다가 주는 '치유의 힘'을 함께 누리자. 열심히 일한 당신 떠나라 바다로!

경북 울진군 평해읍에 건립되는 울진해양치유센터 조감도(사진 : 울진군청)

치유농업, 러스틱 라이프를 경험해보셨나요?

"서울에서 치이고 힘들면 언제든지 고향에 내려오소!"

시골에 있는 친구가 가끔씩 전화해서 하는 소리다. 이 소리를 들을 때마다 마음이 포근해지며 입가에 미소가 저절로 지어진다. 힐링의 상태다.

고향은 늘 나에게 힐링의 상태를 만들어준다. 우리가 고향을 생각하면 떠오르는 장면이 둘 있다. 첫째가 어머니의 얼굴이고 둘째가 고향산천이다. 둘 다 나를 편안하게 해준다. 내 고향은 전남 담양으로 죽세공 마을인데 초등학교 5학년 때 전기가 들어온 촌 동네였다. 농번기에는 농사를 짓고 겨울에는 대나무로 바구니 등을 만들어 내다 팔아 생계를 유지했다. 지금도 가끔씩 고향에 내려가는데 차창 밖으로 밀려드는 바람이 살갗에 미끄러진다. 마시는 공기가 달다.

농자천하지대본으로 우리는 아직도 심적으로 농촌에 큰 비중을 두고 있다. 특히 요새는 치유농업, 농촌치유관광이 뜨고 있어 이에 대한 체계적인 지원과 육성이 절실해지고 있다. 치유농업은 치유(healing)와 농업(agriculture)이 합쳐진 다소 복합적 개념이다. 영어로는 '애그로 힐링'(agro-healing)이라고 부른다.

우리에게 좀 생소하지만, 현대인들의 인기 있는 소비 트렌드인 러스틱 라이프와 헬시 플레져가 '2022년 트렌드코리아 10'에서 4위와 5위에 올랐다. 러스틱 라이프(Rustic Life)는 날것의 자연과 시골 고유의 매력을 즐기며, 도시 생활의 여유와 편안함을 부여하는 시골향 라이프 스타일을 지칭한다.

헬시 플레져(Healthy plesure)는 건강과 면역은 우리 모두의 화두로 치료에서 예방으로 관점을 바꿔 몸과 마음을 관리한다는 의미다. 병이 있으면 당연히 치료가 우선이지만 병이 나기 전에는 예방하는 활동이 필요한 것이다. '과음을 하지 마세요!' '담배를 끊고 운동을 하세요!' '스트레스를 받지 않도록 하세요!' 등의 예방 활동을 의미한다.

러스틱 라이프는 4단계로 구분할 수 있다. 1단계는 자연을 찾아 시골을 방문하는 촌캉스 2단계는 시골에서 열흘이나 한 달 살기 3단계는 오도이촌 (5일은 도시, 주말2일은 시골) 마지막 4단계는 시골에 내려가 나만의 텃밭을 가꾸거나 집을 짓고 사는 것이다. 이처럼 러스틱 라이프를 통해 피폐해 가는 농촌에 활력을 불어 넣고, 도시인들이 농촌을 사랑하는 계기가 되기를 바라는 측면도 있다.

중세 유럽에서 치유농업은 병원에서 정원을 가꾸거나 소규모 텃밭을 조성해 환자들의 건강 회복이나 재활에 활용됐다. 원예작물 재배에서 시작한 식물치료는 꽃을 재배하거나 식물을 기르면서 정신이나 육체적 건강을 회복시켜준다.

한편 본격적인 치유농업은 네덜란드, 이탈리아 등 유럽에서 주 5일제가 확산된 1950년대부터 시작되었다. 현재 치유농업을 하는 케어팜(Care farm)은 네덜란드에서만 1,100여 곳이 운영되고 있다. 아울러 벨기에 595개, 프랑스 500개, 오스트리아 250개, 독일 162개가 운영되고 있다.

이는 그만큼 인기가 높음을 말해준다. 돌봄 서비스가 필요한 대상자가 농장에 참여해 체험, 치유, 관광 등을 즐기면 정부와 지방자치단체에서 비용을 부담한다. 이탈리아에서는 농업을 고용과 연계하는 형태로도 발전했다. 장애인 같은 취약계층을 치유농장에서 고용하면 임금을 지불하는 것이다.

이러한 치유농업의 효과는 과학적으로도 입증되고 있다. 현대 정신의학 및 작업치료의 권위자인 미국의 벤자민 러쉬(Benjamin Rush) 박사는 "원예활동이 정신건강에 긍정적인 역할을 한다."고

강조한다. '식물은 사람을 치유하는 만병통치약'이란 말처럼 흙을 만지고 동식물을 키우는 농·축산업은 스트레스 해소와 피폐해진 심성을 어루만져주는 명약으로 인식되고 있다. 빌 게이츠가 "이제 혁명이 일어날 산업은 농업밖에 없다"고 한 것도 농업의 이러한 치유 기능과 무관치 않아 보인다.

우리나라 치유농업은 시작된 지 얼마 안 되었지만 추진에 많은 장점을 지니고 있다. 먼저 치유자원이 다양하고 접근성이 좋다. 산과 강과 하천이 많고 사계절 변화도 뚜렷하다. 누구나 숲길을 걷고 식물을 키우며 동물 먹이를 줄 수 있다. 음식관광이나 문화체험도 쉽게 할 수 있다. 치유의 대상이나 범위 또한 다양해졌다. 초기에는 노약자나 장애자, 환자 등이었으나 현재는 우리 국민 모두가 대상이다.

우리나라의 치유농업은 이제 출발한 상황이라 여러 가지 미흡한 점이 있기에 많은 측면을 보완해야 한다. 교육농장, 체험농장 운영 사례를 치유농장에 적용시켜 더욱 체계적으로 발전시켜야 한다.

국내 치유농업의 경제적 효과는 약 3조7천억 원에 이른다는 연구결과도 있다. 더불어 치유농업은 농사 자체가 목적이 아니다. '건강 회복을 위한 수단'이기에 효과 평가에 있어서 어려운 측면이 있다. 공공의 건강, 사회통합과 포용, 교육과 훈련, 지역개발, 심리적 효과, 자존심 고취 등을 포함하면 경제적 효과는 훨씬 더 클 것이다.

 '농촌에는 젊은이가 없고, 아이가 없으며, 희망도 없다'는 소위 3무(三無) 시대가 공공연히 회자되고 있다. 이를 끝내고 희망으로 다시 딛고 일어설 수 있는 방안은 치유농업 활성화가 답이다. 나는 늘 고향에 가고 싶다. 여러분에게 러스틱 라이프는 어떠신지요?

9.

K-healing이란?

사단법인 힐링산업협회 초대회장을 맡아 힐링산업을 발전시키기 위해 노력하고 애쓴 지가 벌써 7년째다. 그동안의 기억이 주마등처럼 스쳐지나간다. 힘차게 출발했던 힐링산업이 코로나 팬데믹에 기를 펴지 못했고, 이제 힐링산업을 재도약시키기 위해 다시 초심으로 돌아가 재점검하고 두루 살펴본다. 5년 전쯤 언론에 인터뷰 했던 기사를 보니 힐링에 대한 정의를 나는 그때 이렇게 했다.

"입가에 잔잔한 미소가 지어지는 것이다. 인간만큼 욕심 많은 동물은 없다. 동물들은 배부르면 욕심을 부리지 않는다. 하지만 인간은 죽을 때까지 미래를 걱정한다. 죽어가는 지경에도 자손이 남보다 잘 살기를 바란다. 정말 이기적이다. 이런 이기적인 인간 80

억 명이 살아가는 세상이다. 아무도 손해를 보려고 하지 않는다. 배고픈 건 참아도 배 아픈 건 못 참는다. 내가 좀 손해 본다는 생각으로, 위만 쳐다보지 말고 아래도 보고 뒤도 돌아보면서 살아야 한다. 프로그램이나 훈련을 통해 마음에서 욕심과 이기심을 덜어내고 내적 평안을 찾아야 한다. 그럴 때 사회는 나에게 잔잔한 미소를 짓는다. 그런 게 힐링이다."

K-Pop이 드라마 한류를 뛰어 넘어 세계를 강타했고 이제 K-Healing이 지구촌을 물들일 차례다. 대한민국은 웰빙의 시대를 지나 명실공히 힐링의 시대로 접어들었다. 개인의 힐링에서 집단의 힐링으로 개별 힐링 상품에서 힐링 산업으로 발전하고 있다. 기아로 굶어 죽는 사람보다 비만으로 죽는 사람이 더 많다. 웰빙을 넘어 힐링이 대세인 시대에 우리는 살고 있다. 한국의 드라마가 세계를 강타하며 한류스타를 배출하고 K-Pop이 그 한류를 한층 증폭시켰으며 이제 K-Healing이 제3의 한류물결을 만들어낼 때가 왔다.

현대판 글로벌 비디오방인 넷플릭스의 상위랭킹을 한국 드라마와 영화가 휩쓸고 있다. 우리가 일으킨 세계적인 문화 현상인 한류의 위대함이다. K-Pop의 BTS는 바로 그 상징이다.

이런 현상을 어떻게 진단할 수 있을 것인가. 우리 한민족이 가진 신기와 신명 혹은 '무당기질'이라고 얘기할 수 있다. 또한 우리는 신바람이라는 말을 많이 한다. 신바람이 나면 아무리 어려워도 흥에 겨워 바로 해치운다. 그 저력이 K-방역으로도 입증된 바 있다.

그렇다면 K-Healing이란 무엇인가. K-Healing은 우리 조상의 선비정신에 그 바탕을 두고 있다. 우리는 쉼과 휴가를 통해 새로운 동력을 만들어낸다. 휴식과 휴가는 그냥 때려 마시고 노는 것이 아니다. 선비정신에 입각한 '위엄 있는 여가'를 통해 재충전하면서 새로운 에너지를 창출해내는 것이다. 시대적 사명감과 책임 의식으로 대변되는 정신이다. 청렴과 청빈을 우선 가치로 삼으면서 일상생활에서 검약과 절제를 미덕으로 삼는 정신이다.

한편 과거 우리 선조들은 두뇌를 비롯하여 인간의 모든 신체에 신이 있다고 봤다. 그래서 그 신이 다니는 경로를 '신경(神經)'이라고 일컬었다. 이 신은 형상이 아니고 일종의 에너지다. '신'이라고 표현한 것은 우리 몸속에 있는 이 '신'이 바로 대자연의 에너지와 소통하고 교류한다고 생각했기 때문이다. '제신취합(諸神聚合)' 줄여서 '신취' 몸속의 모든 신경을 하나로 모아 합해서 정성을 다하면 이뤄지지 않는 게 없다는 뜻이다.

이 신취가 바로 뇌의 커넥톰(한 개체 내 신경계 안에 존재하는 모든 신경세포들이 서로 연결된 연결망에 대한 전체적 지도)을 활성화하는 방법이다. 신취를 이루어야 신바람이 난다. 신명이 나서 일이 술술 잘 풀린다. 일종의 슈퍼의식이 발동되는 것이다.

이러한 신바람으로 우리 민족의 특질 중 하나는 절체절명의 역사 전환기적 상황이 오면 물줄기를 옳은 방향으로 틀면서 위기를 극복하는 묘한 생명력이 있다. 임진왜란 의병, 동학농민혁명, 5·18

민주화항쟁, 촛불혁명이 그렇다. 이게 기마민족의 신기, 무당기질이다. IMF 외환위기 때, 2008년 리먼브라더스사태 때 그 엄청난 위기에도 2~3년 안에 해결해 냈다. 한국 사람들 보통이 아니다. 응용력이나 응집력, 융통성은 우리만큼 발달한 민족이 없다. 연구대상이다. 언제 어떤 사태가 벌어질지 모르기 때문에 대응력이 대단한 민족성, 그게 바로 우리다.

우리는 신바람이 나면 체면이고 뭐고 가리지 않는다. 서울대 이부영 교수는 이렇게 춤추고 노래하고 신명나는 걸 '신병'이라고 세계 학계에 보고했다. 우리 젊은이들이 무대에서 춤추고 노래하는 걸 보면 똑같다. 신병의 핏줄, 신명의 핏줄, 그게 우리 K-Pop으로, 또 BTS로 지금까지 연결되고 있다고 봤다.

한국을 대표하는 사학자 한영우 서울대 명예교수 또한 "홍익이 곧 선비정신이자 한민족의 미래 천 년을 이끌 철학"이라고 '신바람(흥)과 홍익의 선비정신'이라는 제목으로 발표한 바 있다. 선비는 하늘과의 관계를 담당하는 무당의 기질, 몸과 힘을 쓰는 무인의 기질, 그리고 학문을 하는 학자의 기질을 모두 가진 존재다. 이러한 기질은 고스란히 우리의 DNA에 남았다고 본 것이다.

얼마 전 미국 라스베이거스에서 세계 최대 IT·전자 전시회 'CES 2025'가 열렸다. 이곳에서 우리나라의 다양한 디지털 케어 기술들이 공개되면서 세계인들의 주목을 받았다. 일상에서 쓰이는 제품에 접목한 기술은 물론 AI나 로봇을 통한 상품 등 다양한 미래 기술들이 펼쳐졌다.

우리 사회는 디지털 전환이 가속화되고 코로나19로 촉발된 언택트(비대면) 문화가 확산되었다. 이에 따라 디지털 시대 속에서 '힐링'을 얻으려는 움직임도 커지고 있다. 디지털 신기술을 통해 언제 어디서나 치료 받고 치유를 얻는 '케어테크'가 주목받고 있는 것이다. 동쪽에 활을 잘 쓰는 민족으로 손가락 혁명을 이끌어내면서 섬세하게 손을 잘 쓰는 우리민족의 우수성이 이 방면에서도 입증되고 있는 것이다.

역으로 우리들의 일그러진 자화상, 우리 사회의 어두운 단면이 있다. 세계 최고의 자살율과 이혼율, 저출산율, 세계에서 가장 빠른 1인 가구 확산 및 고령화 진전 속도, 경제협력개발기구(OECD) 회원국 중 가장 낮은 행복지수!

우리사회의 급속한 산업화는 경제적 풍요의 대가로 우리에게서 정신적 여유와 안정을 앗아갔다. '한 사람의 성공적인 자살 배경에는 50여 명의 자살 예비생이 진을 치고 있다'고 한다. 자살의 연쇄반응을 일으킬 수 있는 무서운 현상이다. 이러한 우리의 어두운 단면 어떻게 극복할 것인가. 우리 조상의 얼이 깃들고 향후 1천년을 이끌어갈 철학, 힘차게 솟아오르는 태양처럼 선비정신에 바탕을 둔 K-Healing에서 찾아야 하지 않을까.

〈에필로그〉

이제 원고는 나의 손을 떠났다. 독자들의 몫이다. 독자들 인식의 깊이와 정도에 따라 내 소유물에서 자체 생명력을 가지고 세상을 활보할 것이다.

"신은 어떤 사람에게도 결코 자신이 삶을 받아들일 것인지, 받아들이지 않을 것인지, 묻지 않는다. 그것은 결코 인간의 능력으로 선택할 수 있는 문제가 아니기 때문이다. 사람은 당연히 살아야만 한다. 당신이 선택할 수 있는 유일한 것, 그것은 '어떻게' 살아가야 하는가이다." 목사이자 노예 폐지 운동가인 헨리 워드 비치의 명언이다.

순례길을 걸으면서 삶의 여유는 물질의 풍요에서 오는 것이 아니라, 마음의 족함에서 온다는 너무나도 당연한 사실을 새삼 절감하는 계기가 되었다. 족함을 모르는 것은 병중의 가장 큰 병이고 불행 중 가장 큰 불행이다. 역으로 족함을 아는 것이야말로 최고의 행복 비결이며 심신이 온전할 수 있는 근간이요 바탕이다. 자고로 족한 마음에 크고 작은 복이 깃드는 것이다.

우리는 살아가면서 매 순간 선택의 기로에 선다. 할 것인가, 말 것인가 그리고 어떻게 할 것인가? 올바른 가치판단의 기준을 세우고 최선의 선택을 하는 것이 무엇보다 중요하다. 매 순간 순간의 선택이 우리 인생의 품격과 성패를 좌우하기 때문이다.

기적은 그것을 믿는 사람들에게만 일어난다. 그렇지 않으면 그것은 단지 우연의 일치일 뿐이다. 하늘의 섭리 없이 세상이 내 마음대로 뜻대로 되는 것이 얼마나 있던가? 그냥 넋 놓고 있으면 그어느 것 하나라도 저절로 이루어지는 것은 없다. 우리는 신의 도움 없이는 아무 것도 이룰 수 없다. 하지만 신은 우리의 행위 없이는 아무 일도 안하신다. 즉 하늘은 스스로 돕는 자를 돕는 것이다.

지금 이 순간에도 삶의 희망을 갖지 못하고 절망의 나락에서 죽음을 생각하고 자살을 시도하고자 하는 사람들이 있다. 자살은 대부분 한 번에 성공하지 않고 약 20번의 시행착오를 겪는다고 한다. 무섭고 안타까운 일이다. 소련의 작가 막심 고리키는 "산다는 건 참으로 힘든 일이다. 잔혹하다. 하지만 그렇다고 내 목숨을 버려야 할 만큼 잔혹하진 않다."고 말했다.

모든 건 인생의 한 과정이므로 파도처럼 오르락내리락하는 것이다. 죽음까지 생각하는 사람들은 인생을 굉장히 진지하게 생각하는 사람들이다. 철학가나 문학가 같은 사람들은 죽음에 대해 깊이 생각해본 사람들이다. 우리가 아는, 세계적으로 이름난 사람치고 정말 심각하게 죽음을 생각 안 해본 사람은 거의 없다.

살아간다는 것은 내 힘만으로 사는 것이 아니다. 전 우주의 힘으로 살려지고 있는 것을 자각해야 한다. 작은 우리 생명 하나를 유지하기 위해 전 우주가 참여하고 있는 것이다. 죽음을 생각하지 않고 평안한 삶만을 사는 사람들은 위대한 업적을 남기기 힘들다. 죽음은 삶이 얼마나 소중한 것인지를 깨닫게 해주는 최고의 가르침이 된다.

인생 별거 없다. 죽지 말고 그래도 살아야 한다. 개똥밭에 굴러도 이승이 좋다. 기왕이면 힐링하며 행복하게 사는 거다. 죽을힘을 다하여 보란 듯이 살아냈을 때 그 또한 값진 기적이 아닐까?

<끝>